KB102399

처음, 당신은 누구일까요

처음, 당신은 누구일까요

ⓒ 김영배, 2023

초판 1쇄 발행 2023년 3월 28일

지은이   김영배
펴낸이   이기봉
편집   좋은땅 편집팀
펴낸곳   도서출판 좋은땅
주소   서울특별시 마포구 양화로12길 26 지월드빌딩 (서교동 395-7)
전화   02)374-8616~7
팩스   02)374-8614
이메일   gworldbook@naver.com
홈페이지   www.g-world.co.kr

ISBN   979-11-388-1728-8 (03810)

처음,
당신은 누구일까요

김영배 지음

천 년이 하루처럼,
하루가 천 년처럼

좋은땅

천 년이 하루처럼, 하루가 천 년처럼 / 야화 (野花)

당신은 누구시길래 말하기 전에
꽃을 보내어 내게 말을 걸어옵니까?

긴긴밤 별빛 떨어지는 밤에도
은하수 물결 따라 부르는 노래는
누구를 향한 열정입니까?

하얀 눈으로 온 세상을 뒤덮고 몸짓으로
화답하게 하는 것은
당신의 무한한 용서입니까?
사랑에 대한 침묵입니까?

썰물 빠져나간 뒤에 살며시
어두운 굴속에서 나와
빼꼼히 세상을 내다보는 게의 눈으로
다시 기회의 땅에 섭니다.

겨우내 봄볕을 기다린 버들강아지처럼
당신의 약속이 무효가 아니라면 골짜기 흐르는 물결
따라 진달래꽃 피고 산새들 노래할 때
당신에게로 달려가겠습니다.

그날이 천 년이 하루처럼, 하루가 천 년처럼
길어진다고 할지라도 하얀 밤새워 기다리다 굳어 버린
검은 바위처럼
눈발 몰아치는 겨울 산 지키며
진한 향 발하며 서 있는 소나무처럼
그 자리에 있겠습니다.
당신의 사랑을 알 수만 있다면….

처음 신학 입문에 들어설 때 무릎으로
하나님의 하나님 되심을 배웠다.
에스겔 골짜기 기도 소리에 밤하늘 잔별들 이야기꽃을
피웠다. 새벽이면 남한강 강물 노 저어가며 물안개 그윽
한 자취에 낙원의 노래에 잔물결 춤을 추었다.
이제 귀가 순해진다는 이순(耳順)이 넘었건만 아직 눈
과 귀에 거슬려 마음 닦느라 보대끼는 일이 잦으니 어찌
하랴!
그때 함께 무릎으로 기도하며 진실한 마음으로 하나님

을 알아가기를 몸부림했던 학우들은 어디쯤 가고 있을
까? 의와 평안과 희락의 물결은 가슴마다 일렁일까?
그 언젠가 선한 싸움을 다 싸우고 믿음을 지켜 살아온
날들을 돌아볼 때 감사와 은혜의 노래를 어깨춤 추며 함
께 불러볼 수 있으면 얼마나 좋으랴!

2023. 1. 26. 목.

♤ 추천의 글

세상에 살지만, 세상을 등지고 세상을 향해 매일 담쌓으며 사는 사람이 있다. 세상에 살기에 세상에 빠져 헤어나오지 못하고 점점 더 깊은 곳에 그물을 던지는 이들도 있다. 세상에 살면서 세상을 이해하고 더불어 사랑하며 사는 사람도 있다. 내가 잠깐 알았던 시인은 내 마음의 분류표에 첫 번째 부류로 분류되었던 분이었다.

대학 졸업식 전날 밤에 닭장이라고 불리던 기숙사에서 내 마음에 남겨진 대화의 시간 덕분에 오랜 시간 그리워하며 소식이 닿기를 기다려 왔다. 그리고 50대가 되어서야 소식을 알게 되고 만나기까지 하게 되었다. 내가 시인을 처음 대하던 20대에 내 눈은 겉은 볼 수 있지만 속을 잘 보지 못하는 형편없는 시력(視力)이었다. 마치 2천 년 전에 세상을 사랑하셔서 세상에 오셔서 사람들을 사랑하셨던 예수 그리스도를 알아보지 못했던 사람들처럼 나도 그를 제대로 알아보지 못했었다.

하지만 50대에 다시 시인을 만났을 때, 내 눈의 시력이 좀 변해 있었다. 겉은 희미하게 보이지만 마음이 보였다. 그리고 연속해서 출간되는 시집을 대하고 직접 만나 시인의 삶의 이야기를 들으며 내 마음의 분류표를 바꾸지 않으면 안 되었다. 시인은 마치 주 예수 그리스도께서 세상을 대하듯 세상을 대하는 시인을 보게 되었다. 사실 그는 내가 그분을 처음 만났을 때부터 그렇게 세상을 대하고 있었는데 내가 그것을 알아볼 시력(視力)이 없었던 것이다. 늦으나마 내 시력이 주어진 것에 감사할 뿐이다.

시인은 하늘을 마음에 담고 땅의 거의 모든 일상과 모든 사물을 소재로 하여 주 예수 그리스도의 사랑의 마음으로 시를 쓴 느낌이다. 시를 읽으면서 나는 하늘 이야기가 들렸다. 사람 사는 냄새가 물씬 풍겨 왔다. 세상 돌아가는 장단에 맞춰 움직이는 춤사위가 보였다. 이 땅에서는 작아서 두드러지게 보이지 않는 아름다움이 보였다. 누구든지 가까이에 두고 세상을 사는 것이 혼란스러우면 어디든지 펼쳐 읽으면 내가 세상 어디쯤 있는지 알 수 있으리라. 시인이 이렇게 표현하는 마음으로 세상을 새롭게 대할 수 있을 것이다.

'우리에게 주어진 모든 시간을 사랑을 따라 애탄 흔적이 되고 싶소.'

'오늘 여기가 나의 신앙의 고백 처입니다.'

2023. 2. 13. 월.
이상태 목사
1985년 ACTS 입학과 졸업 동기
용인 거주

차례

1장 ♡ 사랑의 노래 (1989년 5월~1989년 7월)

2장 ACTS 다르래기: 남한강 강가 (1986년 9월~1988년 12월)

3장 비워 둔 마음 (1989년 1월~1999년 6월)

4장 어느 날 사랑을 만나면 (2006년 1월~2009년 2월)

5장 꿈꾸는 자의 봄 (2009년 3월~2011년 12월)

6장 가슴에 스미는 태양 (2011년 12월~2014년 2월)

7장 봄, 오긴 왔나요? (2014년 3월~5월)

1장 ♡ 사랑의 노래

(1989년 5월~1989년 7월)

♡ 소라껍데기 귀에 대면

사랑하는 이여!
소라껍데기 귀에 대면
어디서나 파도 소리 들을 수 있듯

소망이라는 색깔의 안경을 끼고 보면
세상이 그리 험한 것만은
아닌 것 같습니다

노래하며 산다는 건
정말이지 힘든 일이지만
그러나 바위에 부딪혀
보석이 되어 흩어지는 파도야말로

우리 젊은이들만의 언어이기에
한 개의 소라껍데기를 가지고도
우린 분명
행복해질 수 있는가 봅니다

♡ 그리운 그대

그대!
아카시아 향기 그윽한 좋은 날이오
어딘가에 있을 당신을 그리어 보오

서로 사랑할 때 사랑이신 그분
우리 안에 거하신다 했소

난, 실은 공허하다오
님 주신 사랑자 만남으로,
사랑하므로 내 생애의 의미 있을 것이오

마음껏 사랑하고 섬기는 생을
가까이 있을 그대를 통해 맛보고 싶소

온 대지가 향기 토하는
이 오월의 저녁 어디 있소?
어서 달려와 주오
나의 사랑, 나의 신부여!

♡ 그대 옆에 있다면

푸르름을 기뻐하는 나요
길 가다가 꽃이라도 만나면 그냥
지나치기 어렵소. 달려가서 만지고
얼굴 마주 대하고 비비고 즐거워한다오

신(神)이 만들어 주신 좋은 솜씨들
그대와 더불어, 함께 느끼며 즐기며
아름답게 만든 자의 그 마음을
함께 찬미하고 싶소

지금 그대 옆에 있다면 비도 그치고
나무들에 잎 나고 아카시아 향기
만발하니 사랑하는 이여! 일어나 함께
갑시다. 우리, 사랑의 동산 손에,
손잡고, 말이오

과거, 주님 주신 사랑 속에 용서하며
악한 것을 생각지 아니하며, 사랑하며
살겠소. 과거는 겸손히 주를 섬기는
좋은 밑거름이 될 것이오

♡ 진정한 사랑에

호남과 영남에 집중 호우가 있었소
임수경 양의 돌아올 날 하루 앞으로
와서 여기저기서 시끄러운 날이오

사람의 물리적인 힘으로 행할 때
무례함이 앞서는 것을 보오
거기서, 그곳에서 서로에게
두려움의 존재가 되는 것 아니겠소

진정 사랑엔 두려움이 없으니 온전히
맡기며, 끝까지 믿으며, 끝까지 바라며,
끝까지 무례하지 아니하며

진정 사랑의 메아리 되어
화답 될 때까지 그대 기다림이
이 여름으로, 이 여름으로
끝나기를 기대하며

♡ 그대와 함께 있지 않으나

참으로 그대를 생각지 않는 것은
내 존재의 가치에 회의를 느끼게 함이오
오히려 사랑하기에 절제할 수 있으며
오래 참음도 소망이려오

성실히 사랑의 능력을 키우며 순간마다
사랑이 원천이신 그분 품 의지해 살포시
묻기를 그대 사랑하는 것을 배우리오

지금, 그대와 함께 있지 않으나
사랑하는 주님께서 어여삐 예비하리라
기대하는 것도 과한 것이 되리오

언젠가, 주례자로 오실 주님
서로 사랑으로 단장된
몸 마디마디를 뜯어 보리오

사랑을 따라 낳은 그분 안에서 마음껏
누려 보리오. 그 향취에 흠뻑 젖도록

♡ 사랑의 흔적 헤아려 보리오

우리는 서로 빚진 자라오
우리는 가려야 할 부분 많은 몸이라오
사랑은 악한 것을 마음에
기록해 두지 않는 것이라 배웠소

그분이 우리에 대해 그런데도 사랑하신
그 사랑 따라 그대 이해하기를 배우며
주께서 사랑으로 남긴 흔적들 헤아려 보리오

당신의 전신에서, 어려서 몸, 소녀의 몸,
성숙한 아름다움에 새기어 볼 것이오
찾아볼 것이오
나 또한 그대와 똑같은 허물과 무익함,
약함으로 채워진 육체가 아니겠소

사랑이 커 갈 때 서로의 약함이 오히려
깊고 숭고한 자랑거리가 될 것이라
확신하오
바로 그분이 이 약속이기에

♡ 사랑을 먹고 자란 나무

사랑을 먹고 자란 나무는 사랑의 빛
그 얼굴에 비칠 때 행복 머금은 얼굴로
환하게 피어날 것을 믿소

지나가는 나그네에게 사랑 띤 솜씨로
시원하게 했던 그 여느 여인처럼
난, 그대 마음
사랑에 민감한 마음이기를 기대하오

하지만, 어느 날 창가에 밤이슬 머리에
젖도록 기다리게 하는 여인처럼 되어도
또다시 새 이슬 내리기를
기다려야 않겠소

우리에게 주어진 모든 시간
사랑을 따라 애탄 흔적이 되고 싶소
아침에 뜨는 태양은 누구에게나 희망이
될까요? 누가 뭐래도 그것은
사랑을 위한 기운찬 힘일 것이오

♡ 아직 맛보지 못한 그늘진 구석

내게도 아직 맛보지 못한
그늘진 구석이 자리하오

어두운 어깨에 멘 것을
툴툴 털어내고 용기와 위로,
따스한 품으로 안아 주어야 할
가슴이 여러 개 있다오

아마도 그대를 위한
가꿈의 자리일 것이오

우리 서로 약함을 보고
한탄하여야 할 때
고운 손으로 덮어 주어

썩은 그 속에서
새 희망 크도록 태양을 바라보며
아침 이슬의 기도를 드립시다

♡ 부치지 못한 편지

나는,
내 마음에 많은 말들을
새기어 놓았소

어느 때나 그대 곁에 있었더라면
들려주었을 사랑의 노래

그대 오노라면 반겨줄 꽃송이
몇 번이나 시들었는지 모른다오

그대 주소를 몰라 부치지 못한 편지
내 마음의 우체통에 머물러
얼마나 쌓여 있는지 모르오

그대,
어느 집배원 아저씨 속히 와서
쌓인 편지들을 속히 나의 사랑하는 님,
그대에게 전해 주도록 기도해 주구려

♡ 무지개 약속

맞소. 그분이 오셔서 이 현실에서
꿈나라 연 사랑의 꿈속을 거닐었소

모두 그분 보고 의아해 생각했겠지요
그러나 그분 이상한 사람으로 만든 건
어떤 사랑의 님
그에게 언제고 손짓하지 않았겠소

엉터리 친구하고 빈정대는 무리에
쌓여서도 그 얼굴에 평화로운 미소
빼앗기지 않은 건 그분을 향한
사랑의 미소 화답이 아니겠소

나도 이 꿈을 꾸려오. 무지개를 잡으러
달려가다 할아버지가 되어 버린
소년처럼 그러나 우리에게는 약속 있는
무지개이기에 비록 늙으나 깨어진
기와 조각이 아니라 사랑과 소망 그리고
믿음을 간직했던 깊은 가슴일 것이오

♡ 완전한 사랑

내 사랑에 화답이 될 그대여 우린 서로
벌거벗은 부끄러움에서 시작될 시간
서로 벌거벗음이 서로 감싸 줌이 되기를

당신은 나이기에
부끄럼 없이 나의 모든 것을
사랑할 것이오

우리에겐 다시는 감춰 둘
부끄러움 과감히 벗어 내고
서로 벌거벗음으로 내 몸에 누워
편안한 잠을 자리오

완전한 사랑을 위해 그대 가린 옷
혹시라도 남김없이 벗겨 내어
한 몸 된 그대를 온몸으로 반길 것이오

한 몸 된 몸 어여삐 수놓은 긍휼과
진실의 옷감으로 새로이 입힙시다

♡ 온전한 기쁨

온전한 기쁨을 위해
부끄러움 될 속옷이라도 벗어 내고
핑크빛 사랑을 담은
자비와 용서의 치맛자락으로
온몸을 감읍시다

우리의 부끄러운 곳
시장의 옷 장수에 가릴 것 구하지 말고
우리를 낳아준 사랑하는 님에게 찾아가
한 올 한 올 기도로 새겨 둔 그 비단

한 마디 한 마디
사랑을 따라 가꾸어 둔 그 빛깔
충분히 안아 줄 그분의 품으로 갑시다

혹이라도 찢긴 자리에 속상할 때
기도의 무릎 자리에 묻어 두고
사랑과 생명을 위한 묵상을 나눕시다

♡ 언제고 만날 나그네

천둥 번개 먹구름이 실어 옵니다
이제 파란 하늘에 노 저어
무지갯빛 비단을 둥그마니 실어 옵니다

억수같이 내리던 비 흙탕물 되어
깊은 골 따라 소리칩니다

누군가 파 놓은 샘일까?
깊이, 깊이에 흙탕물 소리 담아 두고
고요히 흐르는 샘물 되어
떠내려 보냅니다

언제고 만날 나그네를 위해
가랑잎 따다 그늘지어 놉니다

그 친구는 목말라 합니다
천둥비 피하다가 젖은 옷자락에
메마른 입술 있습니다

♡ 맑은 물방울

아무런 빛깔 없어도
아름다운 향취 없어도

맑고 시원한 얼굴로
그 친구 곁으로 가렵니다

다시 얼굴 생기를 띱니다
가야 할 곳에 용기를 더 합니다

마른 입술에서
나그네의 노래 흘러 납니다

우리는
맑은 물방울입니다

♡ 한 몸을 찾는 행복

내 사랑의 한 몸 찾는 것은 행복이오
그 수고는 기쁨이오
사람은 둘이 되어 홀로일지라도
그것은 하나 된 몸이기에 홀로 있으나
외롭지 않으며 떨어져 있으나 멀지 않다오

그대 있는 곳 어딘지 그대 만날 때
어느 때인지 끝없는 기다림이 된다면
난 벌써 포기했을 것이오
그러나 주님은 내게 약속하셨소
나를 간절히 찾는 자가 나를 만난다고

온전한 사랑 배우기 위해 그대를 바라며
참 사랑자 배우기 위해
그대 사랑할 것이오

세상의 어떤 다른 것이 내 마음 빼앗지
않도록 주(主), 사랑 따라
당신으로 만족하는 걸 배우겠소

♡ 처음, 당신은 누구일까요?

처음, 당신은 누구일까요?
어떤 말을 즐거워하는 당신일까요?

내 주위에 가까이 있던 사람이라면
소경 바디메오같이 보는 게 소원일 것을
저 머나먼 곳에 찾아온 그대라면
아마도 나의 길어진 모가지에서
무엇을 생각하겠소?

긴 머리카락으로 산들바람 날리며
연분홍빛 기다란 치마폭 흔들며
뛰어오는 첫걸음에 평소에 사랑했던
코스모스 온 동산에 피어나도록
조용한 가을 아침이 되겠소

난 그때, 두 손 모아 기도한 평화와
감사의 아침, 이제, 우리 사랑과 평화의
동산으로 함께 갑시다

♡ 난, 처음에

난, 처음에 그대의 눈빛 보고 싶소
사랑의 눈물로 씻어 낸 맑고
밝은 눈망울을
난, 처음에 그대의 사과 빛 볼
코끝으로 만져 보고 싶소

난, 처음에 주를 위해,
사람 사랑을 위해 고와진 손등
나의 넓은 손바닥으로 감싸고 싶소

난, 처음에 심히 달 입술 맛보고 싶소
온몸에 솟아나는 그 단 내음 토해 낼
그 입술 작은 그릇 하나 준비해 두겠소

난, 처음에 아침 이슬을 머금고 부풀어
오른 가슴, 온몸의 정성과 소망을
쏟아 낼 젖가슴을 위해 순전한 젖을
사모하는 갈급한 입술 가꾸어 둘 것이오

♡ 그대 이름

그대의 이름은 무엇이오?
그 이름 속에 소녀 적부터 새겨 둔
어여쁜 꿈은 무엇이오
언제고 불러줄 그대 이름에
누구를 기다리고 있었소

그대의 소망과 기대를 담아 둔 그 가슴
설레게 할 그 음성은
누구의 목소리겠소

그대의 이름 당신이 될 때 감격의
순간에도 잊어버리지 않을 이름 되도록
평소에 부름 연습하겠소

때로는 도망가고 싶을 정도로 아파하는
가슴이 있을 때 그대 이름, 위로와
안식 되는 이름으로 불리도록
지금 그대 이름에 흠뻑 정들겠소

♡ 그대 내 곁에 있었더라면

언제부터인가 당신을 보고 싶었소
아름다운 산속에 있을 때
그대 내 곁에 있었더라면 그 시원한
물 한 바가지 나누어 마셨을 텐데

때로는 혼자 있고 싶을 때도 있소
그때도 조용히 불러줄
위로의 이름을 기다린 때도 있었소

당신을 향해 진정 사랑하라고 성급히
말하지 않겠소. 나 자신이 그 말 인하여
부끄러워할 때도 있기 때문이오

그러나 주어진 시간이 진정한 사랑 고백
되도록 진실한 마음 되도록
당신 사랑하기를 배우겠소
이제 그 사랑 고백 하루하루가 되도록
어두운 밤에도
두 손 모으기를 연습하겠소

2장 ACTS 다르래기: 남한강 강가
(1986년 9월~1988년 12월)

*1987년 ACTS 전경

욥, 거룩한 고백

하나님, 내 아버지여!
영원한 천국을 영화롭게 주시길
소원하셔서 언젠가는 없어질 모든 재산
한 아침에 천국 부유 삼게 하셨나이까?

언젠가는 죽을 열 생명도, 주 하나님
경외하고 사랑의 거룩한 고백하는데
드리게 하심, 천지는 있고도 또,
없어지나 이 한 사랑, 그 영원한 영광
입혀 함께 즐거워할 그날을 위하여
이 역사를 이루셨나이까?

썩어질 것을 통하여 썩지 아니할 것을
이루도록, 부끄러운 것을 통하여
영광스러운 것을 거두도록, 잠깐 있는 거
통하여 영원한 것을 이루도록,
주님 소원 그토록 간절하셨나이까?

그저 황송함과 감격함에 젖어 있나이다
이 밤에도 저희에게 이 교훈을 베풀어

주셨나이다. 그 거룩한 사랑의 고백으로
주님 독점하도록

주의 소원이 이토록 간절하셨나이까?
미래를 향한 현재 사랑의 역사로 이토록
소원하시기까지 이루셨나이다. 그 거룩한
사랑의 고백으로 주님 독점토록….
그저 황송함과 감격에 젖어 있나이다

감사하옵나니 세세토록 주 친애하심
넘치나이다. 주 은혜 영원토록 영광에
있나이다. 예수 이름으로 기도하옵나이다

* 1986. 9. 밤 ACTS 기숙사에서

감사

주여! 가을 아침 작은 햇살 한 가닥에도
감사하게 하옵소서. 내 곁에 앉아 있는
작은 숨결에도 감사하게 하옵소서

감사치 못하는 억눌린 가슴을 향해
흘리는 기도의 눈물에도 감사케 하옵소서

누군가 만들어 놓은 이 복된 길 누군가
불러놓은 이 향기로운 노래 누군가 쓰다
남긴 작은 그릇에도 감사하게 하옵소서

누군가 날 위해 불러주는 음성 있으니
감사케 하옵소서. 누군가 내 곁에 두고
간 사랑의 손길, 따스한 위로의 한마디,
포근한 긍휼의 마음 감사케 하옵소서

감사로 풍성치 못하는 안타까운 가슴을
향해 뜨거운 눈물로 무릎 꿇는 모습에
감사하게 하옵소서
내 주 하나님께 영원 영원토록

* 1986. 9. 30. ACTS 다락방설교 듣는 중
 감사로 풍성치 못하는 마음에 목메어

죽음에 이르는 생명

오! 사랑의 하나님 아버지 감사하옵니다
십자가 위에서 부르시던 그 사랑의 음성
이 죄인의 귀, 길바닥에 굴러다니는
돌멩이 같은 나의 가슴에도
아버지여 저들의 죄를 용서하여 주옵소서
주님, 눈물로 호소하셨나이다

'엘리 엘리 라마 사박다니' 주여!
순간마다, 사건마다 주와 같이 넘치는
감사와 감격의 찬송하게 하옵소서
하나님 아버지께서 온 인격으로 관심을
두시고 그의 찬양을 영광과 감격으로
흠향하셨나이다

하나님 아버지! 오늘도 주님의 넘치는
은혜, 그 친애하심, 그 친밀하심,
그 은밀하신 사랑에 감사, 감격하게 하소서

온 인격과 우주 만물을 그 붙드심으로
내게 관심을 두시고 소원하시는 그 마음

매일 그 소원대로 이루어드리게 하옵소서

마지막 죽음의 순간도 변치 말게 하시고
주님과 같이 영광과 감사와
찬양의 절정에 이르게 하옵소서

주의 품에, 주의 긍휼하심에 오늘도
잠자기를 원하나이다. 오, 아버지여!
이 마음 중심(中心)에서 감격하나이다

마지막 때, 죽음을 영광의 절정으로
사용하셔서 영광의 면류관을 쓰셨나이다
이제 그 면류관 내게 씌우기를 원하는
그 소원을 내게 이루어 주옵소서
이 기이한 주의 역사 언제나 보게 하옵소서

주여!
이 감사와 감격의 주의 만물 붙드심,
주의 인격, 사랑의 관심
이 소원대로 이루어 주옵소서 아멘!

벳세다 광야

벳세다 광야
나는 왜 나갔을까?

호산나!
예루살렘 영광의 입성 속에
나귀 위에 앉으신 주의 모습은
나귀와 같이….

빌라도의 권세는 '진리가 무엇이냐?'
'십자가에 못 박게 하소서'의 외침에
침묵으로 하늘 아버지를 부름은

저주하는 그 입술에 장차 나타날 은혜의
영광, 찬미를 담기 위한 애타는 침묵

천지가 쇠하도록
그 인애(仁愛)를 불러야 할 때가
이때! καιρός

겸손

죽음으로, 최후의 심판 앞에 겸손하라
주 하나님 앞에 모든 만물 파괴되기까지
모든 인생 물 심판, 불 심판 이르도록
겸손하라 겸손, 겸손….

역사, 주의 역사, 역사의 끝 이르도록
모든 만물 멸하기까지 모든 인생 이를
갈며 피를 토하며 죽음에 이르기까지
역사의 끝 이르도록 주 앞에 겸손하라

순간마다 죽음에 이르도록 땅끝 이르기까지
최후 심판 날마다 내게 오고 있으니
주의 오심과 주의 나라에 이르도록
주의 거룩한 그 기대, 그 간절하심,

탄식하기까지 원하시는 그 소원에
이르도록 영원 영원토록 겸손, 다시금
겸손, 죽음으로 겸손, 여기에

*1987. 3. 2. 한철하 학장 설교 중

바람

아버지여!
아버지의 거룩하신 소원이 저희를 붙드사
진실한 마음속에
주 하나님 모셔 드리게 하옵소서

인자와 진리가 전해지는 인격
매 순간을 영원한 나라로
영원한 때로
역사가 멸해지기까지
소원하신 그 소원은 무엇입니까?

* 1987. 3. 10. 신입생 환영회에서

친밀

눈이 없어도
귀가 막혀도
손발이 성하지 못해도
향기 때문에
벌름거리는 코가 막혀도
가슴으로 알리라

주님과 이토록
친하기에

주(主) 임하심

천 년을 하루같이
사랑 고백하시는 주

한순간을 영원한 나라와 같이
오시는 주(主) 임하심

전쟁의 나팔소리 가운데
시집, 장가가네

하늘을 바라보지 않는 사람들에게
망치 소리로 임하심이라

수고

밤새워
아름다운 옷 입히느라
애태웠으나
아침이라 밝히 보니
나의 시체라

일심(一心)

사상(死想)의 폭풍우 속에서도
진리(眞理) 안에서 팔베개하고
사랑하는 사람 가슴에 안겨
인애(仁愛)의 세계를 이루어라

* 1987. 4. 27. 허심(虛心)에

불러야 할 그 이름

에덴동산 형님이 쳐든 몽둥이 보면서도
일백이십 년 동안의 변함없는 망치
소리에도 천둥 번개가 하늘과 땅을
뚫어 버리는 그 순간에도

땅을 떠나는 기나긴 여행에 달아 버린
신들메, 은 스무 냥에 팔려
이국땅에서 맞는 첫날 밤에도

네가 죽어야 내가 살겠다는 동족의
사나운 외침에서도 물과 고기로 너의
생명을 대신하자는 흥정의 아우성에도

두 무릎이 약대 무릎 되기까지
'저들에게 저주를 내릴 찐데….
이 자식 생명책에서 흔적 없어지더라도
저들을 구원하소서.' 하며 불러야 할
그 이름 인애(仁愛)의 주 하나님

사랑 노래

알파와 오메가로 부르시고
천 년을 하룻밤의 경점(更點)같이
한순간을 영원한 나라로
호흡하시는 주 사랑의 입김

모두 이 잠자는 때에
타는 입술 잊은 채
처음과 나중으로 부르는 사랑 노래

어이여! 어서나
이 역사에 깨어
어두운 밤 지새어

사랑 노래 끊어지기 전
새벽을 일깨워
잠든 노래 일깨워

소원

천지의 주재이신 아버지여!
온 역사를 이제까지 보존하신
온유와 인애로 피의 백성을
주 오심의 긴박함을 따라
품속의 소원으로 이루시옵소서

하루

새날, 오늘도 이날 주신 것 감사합니다
하루를 지은 자의 소원을 따라
이날을 살게 하소서

하루의 아침, 이 역사의 끝,
정한 자의 소원대로 살게 하소서
순간순간 영원한 나라를 두고
부르시는 그 마음을 실어 가게 하옵소서

하루 중 만나는 사람, 꽃과 나뭇가지,
풀잎, 바람 물결 하나에도
지은 자의 인격을 뵈옵게 하옵소서

시간 정하신 자, 이 역사를 주관하신 자
인애(仁愛)를 보게 하옵소서

영광, 영광 중에 임하시는 사랑의 임하심
감사, 감격으로 하게 하옵소서
이 하루! 아멘

흔적

구름에 실리어 바람결에 동하여
님 그리워 살며시 웃음 띠며
고요히 감싸고 지나감이라

언제고 새 눈 떠 볼 때
님 가신 곳 어디이오
님 자취 내 몸에 흠뻑이어라

가신님 몸 채취에 얼굴 데어
다시금 새겨 보니
가슴앓이에 향기로워라

남겨 둔 그 자취 온몸에 둘러
님 남기고 간 인애(仁愛)의 노래
다소곳이 눈감고 손꼽아 헤아리니
가슴마다 님의 흔적 고이어 있어라

* 1987. 7. 28. 중부와 서울 대홍수 후

친밀(親密) 2

해님 보고픈 소원 없어도
어두워 어두워서
달님 숨지 못해 터뜨리는
그 웃음 못 들어도

풀 냄새 기뻐하는 콧노래 못 불러도
봄바람에 홍조 띠는
그 부대낌 없어도
저민 가슴으로 알리라
그 님과 이토록 친하기에

걸음

구더기와 지렁이
아무도 가지 않는 곳에
가야 할 때가 있고

모두 다 가는 그때
걸음을 멈출 때가 있다

지나온 걸음을 살펴보니
내 걸음은 없으니
십자가를 타고 옴이라

일심(一心) 2

사랑의 근본이시며
천지의 주재(主宰)이신 아버지의
마음을 알아드리자

역사의 시발(始發)과 끝
주의 인격을 따라
쇠하기까지 소원하시는 그 품속의 소원
이 역사(歷史)의 중심(中心)에서
이루어 드리자

삶

삼위일체 하나님
사랑자 향한 탄식

정한 때
오기 전에 거두시도록

이때
사망과 생명을 담은
온 역사로 살아라

코스모스

어제 온 하얀 구름
오늘은 파란 웃음

누구에게나
싱그런 웃음 띠는 여린 얼굴

온종일 반기는 이 없어도
한 아름 가슴엔 연분홍 수를 놓아
님의 어루만짐 기다리는데
서산 노을 붉어만 가네

에헤라!
남은 연정 모두 모아
가진 정성 입에 모아
연분홍 노래하리라

시작할 때 끝을 생각하라

시작할 때 끝을 말하고
끝 날에 시작을 말하라

평소에 예수 그리스도로 옷 입음으로
결정적일 때 하나님께 은혜의 영광,
찬미의 제사 드리게 되리라

지극히 평범할 때
예수 그리스도로 옷 입는 연습해라
시작과 끝을 정하신 자의 섭리에 대한
역사의식을 갖고 하나님 나라 대망하라

자타가 영광의 구원을 입도록
사랑의 역사에 동참하라
잠잠할 때와 소리칠 때를 분별하라
기뻐할 때와 슬퍼할 때를 가려라

한 길을 가라
역사의 중심에 서라

열두 가지 기도(祈禱)

하나, 하늘에 계신 하나님 당신만이
지극히 거룩함으로 충만하시고 당신만이
지극한 사랑으로 화답하시고 당신만이
온 세계 위에 뛰어난 이름을 가지시고
당신만이 영원토록 영화로움으로 영광과
존귀함으로 충만하신 하늘 아버지를
경배하옵니다

둘, 이 하늘의 영광과 거룩함으로
우리에게 관 씌우시고 님 되신 당신의
사랑과 평안으로 우리 안에 임하시고
긍휼과 진실로 옷 입히시기를 역사의
끝날까지 탄식함으로 기다리시는 주의
친절 부정한 입 열어 다시 감사드립니다

셋, 하늘의 처소로 덧입도록 저 하늘의
별과 저 바다의 고기들을 주시고
현재도 네 것이요, 과거도 네 것이며
미래도 네 것이다, 사망도 네 것이며,
생명도 네 것이요, 그리스도도 네 것이라

살을 떼어 확증하신 그 사랑을 알게
하옵소서

넷, 절대로 용서할 수 없는 죄인 때문에
자신을 십자가의 참형에 내어 주면서도
용서의 사랑을 포기하지 않았던
주님의 기도 우리에게도 있게 하옵소서

다섯, 낙원보다는 노예라도 좋으니
먹고 보자는 무리 앞에서, 거룩하신
하나님보다는 빛나는 금송아지와 쾌락의
입맞춤 위하여 거리낌 없이 양의 피
흘림을 잊어버리는 무리 앞에서,
그 죄 위하여 대신 죽을 수 없는 몸이지만
끊을 수만 있다면 약대 무릎 되더라도
비노니 저들의 죄를 용서하여 주옵소서
요단강 건너기 전까지
삶이 우리의 상급
된다고 하여도 기꺼이 이 길 가게 하소서

여섯, 수많은 영혼의 메마른 울부짖음
들으면서도 하늘 아버지여 비 내려주시면
안 됩니다. 저들이 하나님을 하나님으로

알기까지는 안 됩니다
생명 내건 열정
어린 기도가 끝내는 하늘 문 열었으니
하늘 아버지 뜻 헤아리는 그 지혜가
우리에게 있게 하옵소서

일곱, 나라 잃은 설움 속에서도 참 아버지
나라만은 잃을 수 없다는 끊임없는 기도의
열매가 사자 밥 되는 그날이 와도 한 번
더 감사함으로 하늘 아버지 불러, 하나님,
하나님 되게 하는 더 없는 기회로 삼아
옷깃을 여미고 두 무릎 모아 기도하는
그 진실이 우리에게 이루어지게 하옵소서

여덟, 눈앞에 멸시, 능욕, 곤욕과 목마름,
조롱과 찔림, 어둠과 저주를 안고 마지막
남기신 한마디, '일어나라. 함께 가자.'
하셨으니 그때 새벽닭 울기까지 주를
저주하던, 그 입술.
이제, 새벽 첫닭 울 때마다
자신의 죄악 저주하였으니 이제,
피가 거꾸로 도는 세례 받는다고 하여도
이 길만은 가겠다던 그 다짐 우리에게

이루어지게 하옵소서

아홉, 복음 전하는 죄 때문에 돌에 맞아
죽으면서도 끝내 저주 앞에
굴복하지 않았던 사랑의 기도,
용서의 기도, 하늘
아버지 바라보던 그 눈빛
우리에게 있게 하옵소서

열, 천하에 뛰어난 이름을 주신
예수께 항복해 평생 무릎 꿇어
자신이 저주받아 주께 끊어진다고 하여도
사랑하는 사람들
구원되기를 그렇게도, 그렇게도 소원하던
그가 다시금 그리스도의 심장으로 기도하니
성도여, 그리스도 심장으로 사랑의 넓이,
길이와 높이와 깊이가 어떠함을 깨달아
하나님의 충만하신 모든 것으로 충만하게
하옵소서 하는 그 소원 우리에게
응답하여 주옵소서

열하나, 단 하나밖에 없는 생명이라도
사랑하는 자를 위한 죽음이라면,

하늘 사랑의 처소로
죄인 부르시는 그 초대에
그 화답을 위해서라면 그 조용하던 무덤
온몸으로 깨고 일어나 우리 사랑자 삼아
그리스도의 신부로 어엿이 서게 하는
그 사랑을 우리에게 입혀 주옵소서

열둘, 하늘 영광을 위하여, 하늘 영광
버리고 이 땅 위에 오신 하나님,
이제 모든 영광 거두어 머리마다 면류관
씌우기 위하여 한 번 오심을 도둑같이
오시겠다며 성도를 깨우시던 주여! 우리
하나님같이 되기 원하시는 하나님 열심
우리를 역사의 한가운데로 부르시고
인애의 은밀한 사랑 고백 들려주시니
온몸과 뜻과 정성을 다하여, 목숨을
다하여 이 고백에 화답 노래 부르리라

세상의 그림자가 멈추는 때 하나밖에
없는 목숨을 천하같이 귀히 여겨
오직 주께 대한 사랑 노래 부르리라
영원 영원히. 아멘

새김

아침마다 품속에 담아 두었던
사랑 노래를
고운 손길 따라
새롬, 새롬 수놓아라

님 되신 주 반기다가
길어져 버린 그림자

고개 넘어
님 따르던 그림자 멈출 때
거기에 있어라
기다림의 나래여

밤이 올 때마다

하루에 한 번씩 꼭 찾아오는 밤
싫다 해도 찾아오고 일을 다 하지 못해
조금만 더 있다 와라 해도
어김없이 때 되면 찾아오는 밤

빛 가운데 머물고 싶어도
어둠 속에 잠기게 하는 밤 일군의 어깨
쉬게 하고 새로운 일군 부르는 밤
밤이 올 때마다 빛과 어둠
영원히 함께할 수 없음을 알았네

밤이 올 때마다 온 세계는
흑암의 담요로 덮여 있음을 보았네
이 세상 빛의 세계 아님을 알았네
밤이 올 때마다 죄악의 본성을 알았네
세상을 끝을 보았네

밤의 올 때마다 외로움 감싸 주는
안위(安慰) 자 있음을 느꼈네
인생의 황혼을 생각했네

내가 영원히 안식할 곳을 찾았네

밤이 올 때마다
기다리는 사람의 마음을 알았네
새벽 멀지 않음을 알았네
빛의 복됨을 보았네

밤이 올 때마다
새 나라가 시작되는 꿈을 꾸었네
이 밤 다하기 전

품속 사랑에

여기서
당신의 인애 고백에
화답하는 노래를 부를래요

당신의 부르시는 곳
더없이 포근한
사랑의 품속인 줄 알고

발바닥 부르트도록
달려가서
안기고야 말겠어요

오실 이가 오시리니

이 비 그친 후면
오실 이가 오시리니
밤마다, 님 그리며
새겼던 작은 가슴들

때마다 새겨 놓은
애정의 이부자리

기나긴 겨울밤 지새도록
품마다 아름아름
펼쳐 놓으리라

이 비 그친 후면
오실 이가 오시리니

3장 비워 둔 마음

(1989년 1월~1999년 6월)

용기 내는 사랑

세월이 빠르오
무엇으로 심든 거둘 날 있을 텐데

님 걸어 놓으신 사랑의 길 따라
아낌없이 가 보고 싶소

사랑하며 섬기다 보면
지칠 때도, 실망의 때도 있을 것이나

아픈 마음 달래려 긴 밤 더욱 길게 하는
그날들 있을 수 있으나

다시금 다짐하는 건
이 길이, 이 사랑의 삶이
절대 헛되지 않다고 하는 이 있기에

다시금 용기를 내겠소
그대 사랑을 위하여

주께 엎드림으로 시작하라

주 예수 때문에 아무것도 아닌 우리가
굉장한 사람이 되었소.
그런데도, 굉장한 신(神)의 아들임에도
아무것도 아닌 것같이 아무것도 아닌
삶터에 있고야 말았소. 그런데도 멋있는
그분, 커다란, 정말 커다란 주의 품,
사랑의 세상이 우리를 넉넉히 살게 하오.
어느 곳, 누구 앞도 당당히 서게 하오.

그 하나님 나라가 있기에,
그분이 우리의 약속과 거룩한 보장이기에,
바로 왕 앞에서도 한 번 당당히 뻐기며
살아볼 만하오. 공주 자식, 은 덩어리,
금덩어리, 화려한 궁궐 버리면서 말이오.

잘 살아 가 봅시다.
형제여! 잘 죽도록
기도해 봅시다.
형제여! 더 잘 산다는
저세상 있다고 하기에 말이요.

의와 거룩함과 진실로 옷을 입으며
다시금 꿈틀거리며 머리 조아려
그분 배우고,
한 번 믿어 보고,
한 번 사랑 잘 살아 보고 싶소.

겸비한 터, 아세아 향한, 아니 안 보이는
그분을 향한 터, 겸비한 터에, 진실한 터
세찬 비바람, 물결 속에서도 뼈기며
서 보고 싶소. 바보 같으나, 칭찬, 반겨줌
없으나 한 번 잘 살아가는 터
되었으면 하오.

다르래기, 오만, 억지, 분노, 시기의
가슴들을 꽉꽉 끌어안고 고쳐지지 않는
이 심사(心思)로 인하여 차라리 다락방
바닥에 엎드려졌으면 좋겠소.
한동안이라도, 엎드려 있어 사정없이
무익한 나를 발견하고, 무능한 나를
발견하고 섰다가는 다시금 넘어졌으면
좋겠소. 거기서 절망했으면 좋겠소.
끝없는 좌절,
실망이 콸콸 쏟아졌으면 좋겠소.

기어코, 기어코 그 절망에서,
그 거꾸러뜨림 당한 그곳에서 사랑자
부르는 그분에게 뉘시오니까 물어봤으면
좋겠소. 그래, 그래서 기어코 그분만
위해 사는 삶이, 아니 정녕 나는 죽어야,
죽지 않으면 도무지 안 되는, 주님을 위해
살지 않으면 도무지 저주스러운 나임을
알았으면 좋겠소. 그러나 주님 때문에,
그 십자가 사랑 때문에, 기어코
그 사랑 살기를 몸부림쳐 봤으면 좋겠소.

이 사랑 못 살아 수염을 쥐어뜯고
머리 땅에 받고, 또 땅에 엎드러져
얼마 동안이라도 있었으면 좋겠소.
이제 주님이 나를 일으켜, 나를 인도하여
내 앞에 가시며, 서신 그 자리 서도록

제일 좋은 분이 오라 부르는 곳이
어디겠소? 인생을 제일 잘 아는 분이
오라는 곳이 어디겠소? 그분만이 사랑을
말할 수 있는 사랑이신데 왜 부르겠소?

지금은 잘 몰라도, 내가 살아가다가

그분이 살아 놓은 터 발견할 때 그분이
새겨 놓은 시간 달아볼 때 이제 감격하여
울 것이오. 이제는 벅찬 가슴 갖고
누구라도 끌어안으며 실컷 울 것이오.
줄줄 흐르는 눈물을 닦지 않아도 괜찮을
것이오. 그분만이 닦을 수 있기에
아니 그분에게 다 맡겨 버렸기에

* 1989. 3. 30. 목. ACTS를 기억하며
　　　(다르래기: ACTS의 다른 이름)

네가 좋다 코스모스

너는 나의 친구다. 아무 데서나 잘도
노는 너 아무도 반기는 이 없어도
분홍치마로 수줍은 얼굴
언제나 보아도 넌, 가냘픈 미소
그러면서도 애정 넘치는 얼굴 풍성한
가슴 안음, 너에게는 어느 안마당
아니라도 기꺼이 한 아름, 한 아름
함박웃음 넌, 어느 한 사람만의 기쁨
아니라도 저 먼지 길,
들녘 모퉁이에서도 만족하는구나

너에게는 가까이 못 할 만큼 고상함도
독특한 빛깔 없어도 길어진
파란 하늘 다 열리기까지
너대로의 모습, 고상하고도 친절하다

넌, 부자에게만 웃음 짓지 않는구나
잘생긴 친구에게만 미소하지 않는구나
모두 담은 얼굴로 그렇게 반기는구나
언제나 찾아와도 좋다고

밤이면 찬 이슬 머리에 인 채
아침이면 씻은 듯 깨끗한 처녀 얼굴로
해 뜨는 곳에는 빛바랜 그 얼굴 아무도
찾지 않는 곳에서 너 홀로 반갑구나

사랑아! 부담 없는 네가 좋다 어느
곳에라도 기꺼이 길 따르는 네가 좋다
그저 버림당해도 너 반겨줄 그대 때문에
끝까지 기다리는 네가 좋다

서산에 해질 때 두꺼운 그림자 안고
돌아오는 농부의 굵은 손 만져 주는
네가 좋다. 지나는 나그네마다
흔들어 대는 네 작은 손이 좋다

언제와도 좋아한다는 네가 좋다
언제나 찾아가도 반겨주는 네가 좋다
누구라도 반겨 주는 네가 좋다

널 사랑하는 그도 참으로 좋다
널 길러 낸 그도 참으로 좋다
널 기뻐할 마음 심는 이 있다 하니
참으로 좋다

아! 좋아라. 이 마음

허심(許心)

무심코 들어온 해님 얼굴에
온종일 그늘 찾다
밤이 되었네

유혹 가득 걸친 은근한 달님
빼앗긴 마음 찾다
기어이 아침이네

헝클어진 머릿결 새로 하여
다시는 뺏기지 않을
무릎 꿇음에

꼭 한 번 새겨 둘 님의 목소리
입술이 다디달아
온몸 사랑스러우리

자취방 오신 어머니

엊그제 어머님 오셨다. 그저 자식들에게
무어라도 먹이려고 애쓰시는
어머님 마음 가까이서 따뜻한 밥으로
섬기지 못함이 죄송하다

좋은 짝꿍 만나기 전에 고향에
내려가지 않겠다고 했다. 어서 나의 마음
실은 손길로 어머님 섬기고 싶다

학교에서 돌아오니 방은 깨끗하고
사람은 아무도 없다. 곳곳에 베인
어머님의 흔적 이토록 서로 사랑하지
않으면 도무지 서러워 살 수 없도록
하신 하나님이 계시다

고향에 내려갈 때마다 허약해진 몰골에
살을 붙이려 닭에 찹쌀,
인삼 뿌리 겨우 넣으시던 어머님!

이번에는 서울에 닭 한 마리 가지고

오셨다. 같이 한 번 주님께 기도도
못 드린 것이 빈방에 홀로 서서
기도하는 나. 왜 이리 서운한지….

님의 손 가는 곳마다

님의 손
가는 곳마다
사랑 잎 피어나고

님의 입김
서리는 곳마다
향 내음 묻어나네

평생에

평생에
여호와 하나님 경외하며
사람을 섬기며 사랑하는 것을
배우게 하소서

이 말씀이 생의 빛이요
길 되게 하시며
주님 한 분 복으로 삼고
그 사랑과 긍휼로 부유하게 하소서

오직 하나님을 영화롭게 하며
주의 나라를 위하여
주의 신부로 아름답게 단장하게 하소서

오늘

주의 복음을 믿는 자처럼
말도 하고 행동도 하고
부활할 것처럼 말도 하고 행동도 하고

천국에 살 자와 같이 말도 하고 행동도
하고 하나님의 사랑 입은 자처럼
말도 하고 행동도 하고

예수 그리스도의 용서 입은 자처럼
말도 하고 행동도 하고
주님 다시 오실 걸 고대하는 자처럼
말도 하고 행동도 하고

천국의 영화로운 세계 바라보는 자처럼
말도 하고 행동도 하고
범사에 여호와를 경외하는 자처럼
말도 하고 행동도 하고

범사에 은혜 입을 자처럼
말도 하고 행동도 하고

사나 죽으나 주의 것으로 사는 자처럼
말도 하고 행동도 하고

하나님의 영광을 위해 사는 자처럼
말도 하고 행동도 하고 온유와 긍휼을
입은 자처럼 말도 하고 행동도 하고
다시 만날 자처럼 말하고 행동도 해라

평안함이 없을 때

평안 없을 때
이웃을 섬겨 보라

몸을 움직여 수고해 보라
사랑을 위하여 땀 흘려 보라
그리하면 그 마음에
기쁨과 평안 있을 것이리라

그 얼굴에 밝은 미소
피어나리라
그 입술에 감사의 노래
있으리라

마음에 기쁨이 없을 때
얼굴에 감사 없을 때

* 1989. 12. 7. 합동신학교에서

목도리

달빛 있는 밤입니다. 어두움 빛 때문에
가벼운 밤이 되었습니다
감사가 있는 밤입니다
사랑과 맑은 웃음이 실려 왔기에
감미로움으로 감사합니다

차가운 겨울바람에도 따스한 바람
볼 짝마다 스쳐 옵니다. 그 누군가의
기도의 입김 살결마다 새겨 옵니다

사랑과 고운 마음씨 가슴에 전해 옵니다
온종일 포근한 중에 흥분 떠나지 않습니다
손길로 만질 때마다 당신 품속입니다
밤인데도 어둡지 않은 작은 촛불입니다

겨울인데 마르지 않는 따스함 있습니다
작은 가슴 사랑으로 태워짐으로
새로운 가슴들 기어이
못 견딤의 사랑으로 저미어 옵니다

여기가

여기가 나의
신앙의 최전선입니다

오늘 여기가 나의
신앙의 고백 처입니다

때마다 분초마다
주님 뵈옵는 처소입니다

걸음마다 주님 경외하는
예배 터입니다

이곳이 나의 믿음의 발자취의
마침표입니다

기도

언젠가 나의 삶의 기록을
다시 들을 때

감사와 찬송과 주를 향한 아름다운
노래가 되게 하소서

주의 가슴앓이 알아
이 가슴으로 다른 이에게
가슴앓이 하게 하소서

한마음

앞서간 종들이 불러 놓았던
주의 고귀한 이름 이때에도 기쁨과
감격으로 부르게 하소서

환난과 핍박 속에서도 변함없이
사랑하고 섬기던 주님
이때에도 변함없이 사랑하고 섬기며
기꺼이 모시게 하옵소서

주의 사랑 앞에서 오는 시련으로
구차히 변명치 않았던 그 입술
이때에도 변함없이 취하게 하소서

주를 그다지도 기쁨으로 영화롭게 했던
그 가슴 안고 이때에도 변함없이 엎디어
영화롭게 소망케 하소서

바람

언제나 가슴속에
사랑하고 사모하는 얼굴로
남아 있고 싶은 마음이어라

언제나 마음 가득히
나의 자랑, 나의 기쁨,
나의 면류관이 되었으면 하는
바람이어라

언제나 사랑하는 마음 때문에
아파하고 기다리는 삶이어라

* 1990. 4. 30. 부평에서

잔칫날

혼인날을 받아 놓고 기다리는 신부의
마음 어떨까? 포도나무에는 움이 돋고
백합화 향기 토하는 이날,
사랑자 향한 기다리는 계절 어떨까?

혼인하는 날 모든 사람 사랑하고
아끼던 사람 사랑하면 어떨까?
신부 기다리는 신랑을 보고
기뻐하는 친구의 들러리는 어떨까?

꽃이 피고 새 노래하는 푸른 숲속으로
달려오는 신부의 발걸음은 어떨까?
어여쁘고 고운 발자취 따라 붉어진 볼
맞대는 신랑의 가슴은 어떨까?

새롭게 단장된 침실 포근한 이부자리
따라가는 신부의 마음 어떨까?
오래도록 인내하며 정결함으로,
순결함으로 기다려 오던 사랑
나눔의 밤 어떨까?

만물의 고요한 숨소리에 밤잠 자는
새들의 즐거운 꿈길에 그동안 묻어 두었던
사랑 노래 펼쳐 봄이 어떨까?

어린 양의 혼인 잔치에 청함을 받은
너와 나 기다림 있어 좋아라
맑고도 밝게 신부 단장 어여삐 하여
신랑 품에 안김이 좋아라

천 년을 하루같이 기다리던
그 마음에 "신랑 맞아라." 소리 있어
좋아라. 새 노래 불러 볼 기쁨의 날
함께 뛰어노는 어울림 있어 좋아라

안개가 있는 밤이면

안개가 있는 밤이면
생각나는 얼굴이 있어요

구부러진 시골길을 걸으면
들려오는 목소리가 있어요

지친 마음 안고 자리에 누우면
따스한 가슴이 있어요

낙엽 지고 나면
보고 싶은 얼굴이 있어요

지난 시간 돌아보면
함께 걸어 놓은 사랑의 오솔길 있어요

누이신 자리

조용한 아침을 따라
주님은 나시었다

어두운 밤을 마다치 않고
샛별 기다리던 그 고집
드디어 영광을 보았다

온 세상이 어지러워도
평안히 누이시던 그 자리
우리 한번 가 보자

인애(仁愛)의 하루 또 일 년 그리고
평생에 찾아갈 자리

주님 계시던 자리
생명을 소생시키는 자리
그 자리 되리라

어느 날 깊은 밤

어느 날 깊은 밤
잠자리를 찾아
남의 대문 앞을 서성이던 때
잊지 않게 하소서

몇 푼의 돈 때문에
꿈 좌절되어 눈물로 베개 적시던 때
잊어버리지 않게 하소서

어머님의 머리 행상
평생 잊어버리지 말게 하소서

비굴하지 않고 꿋꿋이
그리고 당당하게 살던 때
잊지 말게 하소서

잊지 않게 하소서

주여! 우리의 궁핍했던 것을
잊어버리지 말게 하소서. 바로의 채찍에
몸부림쳤던 그때 잊지 않게 하소서

홍해 바다 앞에서 잠잠이 못하고 끝내
원망했던 자신을 잊지 않게 하소서
주리고 목말라 애태우던 때
잊지 않게 하소서

주의 은혜 사모하여 애타던 그때
심정을 잊지 않게 하소서. 오직
주님으로만 만족하며 살겠다던 그 다짐
잊지 않게 하소서

광야에 찬바람 불어도 돌아갈 내 고향
그리며 찬송하던 때 잊지 않게 하소서
오늘 내가 왜, 여기 와 있는지 물어보게
하소서 언젠가 기쁨을 이기지 못하며
가졌던 구원의 감격 잊지 않게 하소서

청송

창밖의 푸른 소나무는
홀로 다정스럽습니다
차가운 바람결에도
변하지 않는 얼굴입니다

언제라도 소망이 있다는 듯
저만치 우뚝 서 있습니다
하늘 문 열리는가 했더니
온 천지는 머리를 숙입니다

조용히 태고의 고동 소리
떨리는 가슴으로 듣습니다
어느덧 시인(詩人)의 귓가에
눈이 내립니다

청송을 따라온 눈송이는
어느새 내 마음에 들어옵니다

길목

보내고 싶지 않은 님
몰래 보내고 오는
길목에 서 있습니다

그분이 남겨 둔 꽃 봉투
아직 떼어 보지 못한 손
파르르 떨려 옵니다

님의 발자국 점점 멀어져 가는데
따르지 못한 내 발자국
자꾸만 커다랗게 다가옵니다

아름아름 새겨 보는 아침

조용한 아침은
새벽을 기다리는 이의
가슴마다 밝아 옵니다

이날을 위해 기다리던 간밤의 몸 설침
새벽 소리와 함께
맑은 이슬 되어 온몸에 흘러내립니다

이날은 기다리던 님의 발자취에
그림자가 생기는 날입니다

이날은 오래도록 묻어 두었던
님의 글월을 아름아름
새겨 보는 아침입니다

수줍음

오신 님 부르심이
참으로 좋아라.

계절이 바뀌는 길목마다
사랑 잎 달려 두고 지금 날 부르시니
참으로 좋아라. 이내 마음에

새겨 둔 깊은 가슴
눈, 서리도 개의치 않고
비바람에도 움츠리지 않으리.

뙤약볕에도 부끄러워 않고
기나긴 겨울밤이라면
젖가슴에 묻어 두었던 솜이불 펴리라.

님의 품속에 안겨
사랑님 새겨 보리라.
내 사랑 노래하리라.

좋은 날에

오늘은 기쁨과
감사의 날입니다

비바람과 따가운 햇볕을
이겨낸 인내의 결실
사랑으로 열매 맺어 향기를
토하는 날입니다

이제, 저만치 보이는 사랑의 동산
매화꽃 봉우리 부풀어 있는 동산
이제 둘이 하나가 되어 갑니다

여기, 그 동산의 향내
맡으며 갑니다
걸음마다 사랑님 새겨 두고 갑니다
그날이 오늘입니다

* 1991. 3. 2. 친구 결혼 축하하며

다시 찾은 가을꽃

길 지나다 고개 들었더니
나의 사랑하고 귀여운 자야!
우리 함께 나누던 그 언덕
연분홍 코스모스 다시 피었구나

추억 따라 길 걸으면
우리 만나던 옛 친구 얼굴
여전히 사랑스럽고도 아름답구나

내 마음에 있고 사모하는 자야!
행여, 만나거든
따스한 가을빛 사라지기 전
선뜻 나의 사랑, 나의 마음
한 아름 깨물어 주지 않을래

비워 둔 마음

기다리던 님 오신단다
조용한 바람결에 날개 싣고 오신단다

어두운 밤 별을 넘어오신단다
은방울로 온몸 수놓아
아장아장 오신단다

무거웠던 마음 서산 넘어 사라지고
그리던 님 오실세라

뛰는 가슴 숨겨 두고
하얀 이슬 분홍 이슬
새벽녘에 달린단다

산새 소리 들풀 소리
너도 함께 달린단다

시인(詩人)의 마음

시인의 마음 달려갑니다.
아직도 집에 들어오지 않는
소녀에게로 향합니다.
거듭 시험에 떨어진 어느 소녀에게로
달려갑니다. 그 무너져 내린 가슴
어디에 조각나 있을까?

천금같이 무거운 발길
어디로 향하고 있기에 아직도
보금자리에 오지 못하는가?

어느 공원 의자에 앉아 멍하니
하늘을 바라보다가 떨군 고개로
못나디 못난 자신을 학대하고 있지 않을까?

쓰디쓴 커피같이 거듭된 낙방
맛보고 또 맛보아야 했던 너의 가슴
어디서, 방황하느냐?

돌아오고 돌아오라. 열 번 떨어지면

어떠니 우리에겐 소망이라는
끊어질 수 없는 생명줄 있잖니.
다시 한번 해 보는 거야. 아무렴 어때!

시인(詩人)의 마음은 마침내 한 소녀를
발견합니다. 어둑어둑한 밤거리
따뜻한 기다림 있는 작은 방을 향해
총총걸음으로 지나가는 거리 공원에
저만치 홀로 외로움을 달래고 있습니다.

시인(詩人)의 발은 한 걸음으로
달려갑니다.
시인의 마음 지친 소녀의
가슴 힘껏 껴안았습니다.
시인(詩人)의 마음속, 사랑의 샘 흘러납니다.

꽃다발 한 아름

커다란 꽃다발 한 아름 선물 향기로
가득한 꽃 아름다움으로 가득한 꽃
가지런한 잎마다 형형색색 꽃잎마다
피어나네. 묻어나네. 사랑의 향기

분명 사랑 보내며 만들었을 거야
아름답고도 곱게 또 향기 가득한 삶 되고
노래 되도록 보냈을 거야

어느 한 부분도 소홀함 없고
어느 한 철에도 시듦 없이 사시사철 온 땅,
온 하늘 사방팔방 바닷가 온 들

정성으로 빚은 옷 입고
누가 보아주지 않아도 저 홀로 아름다운
싱싱한 소망으로 흔들흔들

무수한 들풀, 산 꽃, 바다 꽃 그 풍성함
감사하고 그 아름다움에 기뻐하고
그 정성 어린 향기 노래하고 사랑하누나

여기는 사랑 솟는 곳 소망 움트는 곳
감사하고 평안 머무는 곳 그곳 수많은 꽃
피다 사라지기에 더욱 그러하리. 그건
사랑하는 이 걸작이기에 더욱 그러하리

꽃처럼 향기로운 삶 살고 싶어라
바람에 날려 외딴곳 심겨도 커다란
바위 꼭대기 외로이 서 있어도 끝내
새잎 푸른 몸짓으로 빨간 볼 밀어내듯
삶의 몸짓으로 말하고 싶구나

향기로 임의 향기 드러내고 싶어라
꽃을 만드신 임의 아름다운 마음
그 마음으로 살고 싶어라

*《쉽게 찾은 우리 꽃》책 선물 받고

4장 어느 날 사랑을 만나면

(2006년 1월~2009년 2월)

시작과 끝

보내지 않아도 세월은 기어이 내 곁
떠납니다. 준비되지 않았어도 시간은
묻지도 않고 어느새 내 앞에 펼쳐집니다.
시작을 앞둔 우리에게 날들
거룩하고 아름다운 결정을 요구합니다.

거칠고 무례히 대하고, 더러운 얼굴
내밀어도 세월은 따스한 햇볕과 함께
넉넉히 받아 줍니다.
내 모습 감추지 않고 그대로 간직한 채….

시작 알리는 희망찬 아침으로 첫날
열 듯 내가 뿌린 것 거둘 때 올 것도
마음에 새기도록 내 그림자 뒤에 두고,
해지는 때 기억하게 합니다.

알파(A)와 오메가(Ω)요, 처음과 나중이요.
시작과 끝이신 분 앞에 경건한 다짐으로
이때(時) 위에 두 발 세워 봅니다.

길 간 사람 길옆에서

생명의 길,
은혜의 길 따라 가고파라

길 가면서 가신 님 향취
온몸으로 느껴 보고 싶어라

길 따르는 나그네에게
참 길 걷도록 하는
작은 이정표 되도록

길 걷다 지친 이에게 푸른 잎으로
인사하는 들풀 되어

나그넷길 행복하도록
이 길 걷고 싶어라

그대 앞에만 서면

그대 앞에만 서면 난 왜 이리 작아지는가?
작아지는 나 자신 때문에
등을 돌리진 않았나요?

돈, 가방끈, 외모, 실력, 건강, 능력….
그대?
그대 앞에만 서면 왜? 겸손해집니까?
그대 앞에만 서면 왜? 잠잠해집니까?
그대 앞에만 서면 왜?
가슴이 저미어 옵니까?

그대 앞에만 서면 나 자신이
작아 보이는 그대 그대는 행복합니다.
당신이 가진
그대는 누구입니까?

*배탈로 며칠 끙끙 앓고 난 후

당신의 삶

당신의 삶
명연기(名演技)가 되게 하고

당신의 말
명언 되게 하라.

그 말과 행동에
사랑 깃들어 있으리라.

* 안산 해바라기 축제 다녀와서

길을 간다

길을 간다
정든 님 두고 온 고향길 간다
세상 풍파에 찢어진 꽃
가득히 길가에 뿌려 두고 사랑의 길 간다

그리운 님 두고 온 곳이기에
행여 기다리는 님 지쳐 마음 상할까 봐
한걸음에 길을 간다

그리움 있고 다짐도 있다
기다림 있다 긴 탄식도 있다
한걸음에 정 있고
못다 부른 노래 있어, 아픈 마음도 있다

가는 길에 마음 다져지고
넓은 들길 따라 마음 달려간다
고향길 간다 사랑 임 기다리고 있어,
한걸음에 길을 간다

입맞춤

입맞춤 어떤 맛일까? 하얀 맛? 붉은 맛,
파란 맛도 있겠지. 입맞춤하면 정말
좋을까? 가슴은 뛰고 손 파르르 떨린다
눈 이미 감았고 얼굴 사과처럼 붉다

누구랑 입맞춤하면 좋을까?
어떤 그리움의 사람이면 좋을까?
사랑하면 입 맞춰도 될까?
그리워하던 그 마음으로 다시 입맞춤할
그 입술 찾을 수 있을까?

입맞춤한다. 사랑과 진리 입맞춤한다
그렇게 기다리더니 하늘과 저 푸른 바다
아스라이 만나듯, 뭉게구름과 높은 산,
깊은 계곡 만나 함께 어우러지듯 입맞춤한다

사랑과 진리 하나 되어
입맞춤한다. 사랑하는 이 함께 모여
즐거워 놓을 때까지

그리움

저 산을 볼 때
사람이 그립습니다

단풍 온 세상 물들이고
열매랑 낙엽이랑, 향기랑
함께 춤추며 노래할 때
참으로 사람이 그립습니다

정말 사랑하고픈
향기 나는 사람이 그립습니다

그 옷자락에 촘촘히 사랑을 수놓고
사뿐사뿐 걸어오면
그리움은 드디어
노래가 될 것입니다

만남

무얼 보고파 할 수 있을까?
언제 그리워할 수 있을까?
무얼 사모할 수 있을까?

평생, 만남을 그리워할 사람 있을까?
보고 또 보고
다시 보고픈 사람이 있을까?

그의 향취 진리와 사랑이기에
그 향에 취해
젖을 수 있을까?

온몸 새로워져 향기로워
평생 아름다운 만남
이루어 낼 수 있을까?

* 북한산 다녀오며

여름방학의 꿈

어린이, 꿈 많은 시절입니다
뭉게구름 하늘에 궁궐 짓고
흰 구름 타고 마음껏 날아다닙니다

몸은 새털처럼 가볍고
마음은 한없이 넓어 무슨 꿈이든지
가득히 담을 수 있습니다

무더운 한 여름날 소나기처럼
어느 날 갑자기 여름방학 시작됩니다
동네 한 바퀴 돌고 뒷동산에 오르며
멋진 꿈과 희망 키웁니다

어른들 흉내 낼 수 없는 맑은 눈빛
시원하고 깨끗한 웃음 있어. 저 하늘
웃음 닮고 사랑하는 마음도 닮아

푸르고 푸른 들풀처럼
힘차게 멋진 꿈 키워 갑니다

어느 날 사랑을 만나면

어느 날 사랑 만나면
뭐라고 할 건가요?

홀로 길 가다 사랑 만나면
어느 길에 설 건가요?

사랑 찾는 길 그 어디 있기에
마음은 그리 간절한가요?

다리 놓아 가고 싶어요
아름다운 꽃길 만들어
달려갈래요

그 어디에 있나요?
사랑이여!

당신을 만나면

당신을 만나면 골짜기 너머 풀밭까지
이어주는 양 떼처럼 하늘 노래 담아내는
풀잎에 맺힌 이슬처럼

밤새 아기별들의 노래에
화답하는 골짜기 조약돌처럼
메뚜기 장난치는 소리에 놀란 풀꽃처럼
하얀 구름 신발 가슴에 안고
들새들 맘껏 뛰놀다 넘어지지 않는
동산에 함께 거닐고 싶습니다

당신 만나면 새 부대에 잘 익은 포도처럼
은근한 사랑 노래 부르고 싶습니다
오랜 갈증으로 목말라하던 나그네
샘터에 솟아나는 생수처럼 갈증 난
목구멍 따라 흘러가는 물소리처럼

아직 식지 않은 뜨거운 심장으로
행복에 겨워 사랑 노래 부르고 싶습니다

님이여!

사랑하는 님
오는 날 길어지니
시간은 자꾸 게으름을 피웁니다

오리라
약속하신 날 그 언제인데
지금도 약속만 붙잡고
사랑이라 고백하게 합니까?

다시 지친 마음 모아
불러 봅니다
님이여, 언제입니까?
내가 찾아가리까?

그리움 끝에
당신
여기 오시렵니까?

마음 둘

바람이 분다. 차디찬 바람이 분다
북풍에 눈보라까지
얼마나 추우랴마는 이 추위에도 작은
보따리 길가에 펴 놓고 손님 기다리는
우리 어머니 있어서 더 춥다

시커먼 연기 속에 살려 달라는 비명도
묻히고 잘 있어라, 잘 살아라, 행복해야
한다. 그동안 사랑했다. 참 고맙구나
인사도 없이
떠나간 님 있어 마음 한구석 추워 온다

붉은 김장김치 가슴에 안고 쪽방촌
찾는 이 있어 밥상 따스한 온기로
가득하고 행복 웃음 담장을 넘는다

이름 없이 빛도 없이 사랑의 마음 모아
낮은 곳 찾아가는 발길 있어,
어느새 훈훈한 바람 마음에 출렁인다

선한 손길 따라 추위는 물러가고
진실한 마음 따라
이 땅에 낙원의 꽃 피어난다

고향길

함박눈 내리면 어김없이 다가온 설
장독대 흰 모자 대나무 울타리
활처럼 휘어진 떡가루 소복하다

고향길 멀다 하나, 그리운 부모, 형제
아직도 그곳 자리하고 있으니
발길 빠지는 눈길 막으랴!
한강 물 얼리는 그 추위 막으랴!

고향길 찾아가는 발길 온 땅 진동하고
고향 찾는 마음 언 땅도 녹여
훈훈한 고향길 만든다

고향길 찾는 이 마음 바쁜데
길 멀리 느껴짐은 어쩐 일인가?

서녘 하늘 붉은 해 다지기 전
영원한 고향길 찾는 걸음
재촉하지 않으랴!

당신은 어디에 있나?

함박눈 내리니 고향 찾는 따스한 사람들
싸락눈 거리에 내리니 거리에 앉은
할머니에겐 혹한 겨울 오후다

장작불 아궁이 뜨겁게 하니
층층이 쌓아 올린 시루떡
따뜻한 김 모락모락 올라오고

삶의 터전 잃고 불꽃 속에서 외치는
외마디 소리에 두 뺨에 흘러내리는 눈물
삼키는 이들 아직도 서성거린다

이 세대가 무엇인가?
저 높은 빌딩은 누구의 보금자리이며
태양도 숨어 있는 밤 밝히는
저 불빛은 누구의 발길 비추는가?

피리 불어도 춤추지 않고 슬퍼 울어도
가슴 치는 이 없으니
앞만 향해 가는 너는 누구냐?

번영과 성공을 향해 달리는
너는 누구냐?
나만의 사랑에 당신은 어디에 있나?

살아서 천 년

살아서 천 년
죽어서 천 년을 사는 나무야!

너는 무엇을 보고
무엇을 말하느냐?

네 그늘에
머물다간 새 한 마리
어디 있느냐?

네 열매 달라 하여
노래하는 이
지금은 어디 있느냐?

* 광야교회 다녀오며

길을 묻거든

길을 묻거든,
향기론 꽃다발에 사랑의 노래 엮어라

길을 묻거든,
허리 굽혀 물으라고 이르라

정상을 향해 길 가는 이여
엎드려 섬길 이 찾으라

영광스러운 자리에 설 때 뿌리
땅에 내리고 긴 한숨으로 기다려라

걸어가라. 순례의 길을
썩은 그 자리에 피어날 새싹
사랑의 꽃 피리라

한 걸음 걸어라
밟혀도 꺾이지 않는
새싹 나도록

바릿밥 남 주신 어머니

바릿밥 남 주시고 잡수느니 찬 것이며
두둑해 다 입히고,
겨울이라 엷은 옷을 입으시더니
이제 아들의 환갑을 봅니다

가마꾼 따라 60리 길 언 발 녹이며
왔건만 처음 만난 신랑 얼굴은
야곱에게 레아였지요
세상 탓, 신랑 탓, 가난 탓하기엔
이제 세상은 더 빈자리
내어주지 않네요

늙수그레할 때 하늘의 신에게 빌고
또 비는 손 새벽 종소리 따라 길게
자리를 잡습니다
이제 한 아내 보리수나무 열매 맺듯
자손들 어미 되어 복에 복 더하시는
하나님께 빌고 또 빕니다

지긋지긋한 가난의 굴레 벗고

찬란한 태양처럼 세상에 빛나도록

오늘도 비는 그 손길에

눈물 자국 마르지 않네요

* 맏아들 환갑 맞는 어머니 생각하며

5장 꿈꾸는 자의 봄

(2009년 3월~2011년 12월)

님 그리는 마음

떠나보내고 싶지 않은 님 지금 막 보내고
돌아옵니다. 보내려 하지 않았기에
더욱 발길 더디게 합니다

떠나보내고 싶지 않은 님
보내고 보니 내 마음에 벌써
그리움 움트기 시작합니다
다시 만날 수 있을까?

그리운 얼굴에 사랑의 분 바르고
연분홍빛 옷으로 단장하고 라일락보다
더 진한 향기로 하루를 천 년같이 마음
단장합니다. 천 년을 하루같이,
그리움의 노래 부릅니다

떠나보낼 때 다시 만날 마음
매화꽃처럼 아름아름 열린 열매로
너울너울 어깨춤 추도록

꿈꾸는 자의 봄

회색빛 겨울날에도 긴 그림자 따라
골목길 가는 사람 남녘의 붉은 동백
가슴에 묻어 둔 숨겨 둔 꿈이다

붉은 꽃잎 흰 눈 내리고 노란 꽃술
겨울 덮어 찬란한 봄 꿈 간직한 이
한숨 길어진다

찬란한 봄 피어날 꿈 몇 번이었나?
겨우내 붉은 꽃 바라다보며 기다린
날 가슴에 또 하나의 매듭 된다

소박한 꿈을 향해 뛰어다닌 발자국
온 세상 덮는 들풀 되어도
아직 기다리란다

한 번 더 꿈꾸는 자의 봄 시샘하는 저
눈발 빨간 볼기짝 세차게 치고 간 후
겨우내 함께 꽃필 날 손꼽아 기다린
그 가슴에

새싹 어느새 온 들판에 아우성

마당 구석 강아지 하품 소리에
화들짝 놀란 봄날

외마디

해골 골짜기
피에 굶주린 사람들을 기다린다

이런 구경거리 어디 있나? 연극 구경,
노래 구경, 싸움 구경, 불구경,
돼지 잡는 구경 재미있지만 오늘은
사람이 사람 죽이는 구경이다

쇠말뚝에 쾅쾅 박힌 빛 온몸 비틀면서
죽어간다. 한 마리의 벌레 아닌가
한 마리의 빛, 구원자 예수

네가 하나님의 아들이냐?
그러면 당장 십자가에서 내려오라
네가 그리스도냐? 증명해 보라
도둑이 매 들고, 강도는 재판관을 심문하고
시민은 한가히 죽음을 즐긴다

하늘도 버린 하나님 아들
태양, 빛을 잃는다. 오직 남은 빛 하나,

아버지여 저희를 용서하여 주옵소서
십자가에 박힌 외마디

피를 마신 사람들
주린 배 채우려 식사 때 기다린다

죽음을 깨뜨린 부활

무덤에 머물러 주검 지키는 사람들에게
새벽, 어둠이다. 해골 골짜기에 올라
죽음 죽이는 주검 바라보는 사람들
그 십자가 죽음 두려워
죽음 가운데 머문다

깊은 밤 깨운 생명의 빛
죽음의 심장 뚫었다. 역사 속 잠든
죽음 깨뜨리고 승리한 구원자 예수

주검 앞에 비웃는 자들의 웃음소리
탄식과 부끄러움으로 바꾸고,
죄 앞에 애통하며 가슴 치는 자의 마음
기쁨과 환희로 바꾼 예수!

원수인 죽음 이기고 다시 사셨도다
다시 살아 세세토록 부활
영광 소망 되셨도다
개나리꽃 온 동네 노랗게 물들여
찬란한 기쁨 노래하고 온 산과 들에

진달래꽃 피어 부활 영광, 찬양한다

영광의 부활 소식 들풀 되어
봄꽃 소식 따라서 온 누리 진동한다
온 세상 만물 예수 부활 소식
온몸으로 드러내누나

우리의 소망 예수
다시 살아 왕의 왕이 되셨도다
할렐루야!

새 옷 입으려 하네

사람들 옷을 갈아입는다.
더러운 옷 벗고 새 옷을 입는다.
그럴듯하게 왕복 입고서
왕처럼 대우받길 원한다.
신데렐라 옷 입으면 어느새 공주 된다.

고운 옷 입는다고 공주의 고운 마음과
품위 있는 말 흘러나올까.
장군의 갑옷 입는다고
장군의 위용이 나올까?

어린이, 노예로 팔리면
노예로 변하는가?
자유인, 쇠사슬에 얽어매면
죄인이 되는가?

죄인의 몸에 왕복 입혀 놓으면
왕의 호령 나오는가? 그는 죄수 옷 입고
은혜와 진리 발하도다.

사람들 옷을 갈아입으려 한다.
화려하고 찬란한 옷으로 연둣빛보다
더 빛나는 온유한 옷 곁에 두고
붉은 꽃보다 더 찬란한 겸손의 옷
내버려 둔 채

너 어찌 꽃향기 토하느냐?

하늘은 푸르고 아름답다
온 들판, 너는 어찌 그리 화창하여
꽃향기, 토하느냐?

봉화산 부엉이바위야!
너는 어찌 그 한 몸 던져
온 세상 놀라 멍한 눈으로
하늘을 바라도록 바라만, 보았느냐?

오월의 하늘 푸르디푸르러
눈이 부시고 들풀
산들바람에 춤을 춘다

한 줌의 재 되기 위해
불길로 들어가는데 검은 상복의 사람들
어찌 저리 서러운가?
한없이 부르짖고 통곡하나,
가는 이 말 없다

미움, 갈등, 시기, 질투, 다툼과 증오,

피 흘리기까지
내 몫 챙기기 다툼이 쉬지 않는데
붉은 장미, 넌 어찌 울타리마다
흐드러지게 피어
그리도 아름답고도 매혹적이냐?
피처럼 뜨겁게 다시 사랑하며
살라는 말이냐?

들꽃

그대는 홀로 있어도 아름답습니다
그 누가 다가와 손잡아 주지 않아도
다정스럽습니다

그대는 누군가 다가와
어여쁘다, 말하지 않아도
저 홀로 향기롭습니다

그대는 어여쁜 아가씨 다가와
입맞춤하지 않아도
곱고도 아름답습니다

그대는 홀로 있어도
외롭다 하지 않고
언제나 향기로워 사랑스럽습니다

들길 따라가면 저 홀로 있어
향기로운 그대 만날 수 있을까요?

감사하는 마음

주님, 저에게 넓은 마음 주옵소서
아주 넓은 마음 주옵소서
그리고 그 마음 감사로 채워 주옵소서

하늘을 향해 감사하는 마음 그 자체
기도됩니다. 감사가 없는 사람
사랑도 없고 열정도 없습니다

장미 보고 왜, 가시 있느냐고
불평하지만 어떤 이 가시 중에도
장미 있는 걸 감사합니다

주머니에 무엇이 있기에
감사하는 것이 아니라
마음에 있는 것으로 감사합니다

미국의 청교도들 초막 하나 지으면
무덤은 일곱 개나 파야 했습니다
그런데도 그들은 감사했습니다

우리 중 아무도 그토록
비참한 상황 속에 있지는 않습니다
그러면 우리는 얼마나 더 감사합니까?

하나님께 대한 사람의 첫 번째 반란은
감사의 결핍에서 비롯된 것이라는데

두 분 어머니, 평안 누리소서!

어느 날 처제의 전화 목소리, 장모님이
이제 세상과 마지막 작별 준비하시려는 듯
태울 것은 태우고, 외상은 없는지,
누구 서운한 사람은 없는지, 보고 싶은
자식 손자 불러올려
마지막 남은 정 불태웠다

이미 아내는 먹구름처럼 눈물 쏟을
준비한 가운데 안동 장모님에게
전화 걸었다
"모친?!"
하더니 장모님 기운 없는 목소리를
귀로 확인하고는 눈물을 쏟아냈다

연약한 게 인생이다. 왜 벌써 떠나시려
하나 우리에겐 힘들까 봐
내려오지 말라 하셨다
어찌하나! 마음 준비하고
한번 다녀와야지. 며칠 후 장모님 전화
받으니 생기발랄한 목소리 거의 되찾았다

얼마나 다행한 일인가?
고맙기 그지없다

토요일 한밤중 전화 소리에 놀라 어안
벙벙한 가운데 보니 어머니의 목소리다
"가슴이 찢어질 듯 아파서 죽것시야!"
한마디 말씀에 내 가슴도 미어지게
아팠다

천릿길 떨어져 있어서
이 깊은 밤 달려
가 볼 수도, 응급처치도,
아무 도움도 줄 수 없는 내가 참으로 딱하다
119에 전화하니 읍내 소방서서 긴급 출동하여 어
머니를 모셔 갔다
고맙게도 병원에 가서 응급처치 받고 주사 맞으며
평안히 아침에는 잠드셨단다

오후 다시 퇴원하신 어머니와 통화하니
많이 회복되어 다행이다
형이 내려갔으니 형과 함께 올라오셔서
큰 병원에서 심장 정밀 검사하고
치료받으시게 당장 오세요, 어머니!

지금 비도 많이 오고 땅도 질퍽하니
열흘쯤 지난날 좋을 때 올라오신단다

두 분 모두 자녀 손들을 위해 눈물로
하늘의 하나님께 기도하고 온갖 수고와
헌신으로 오 남매, 칠 남매 자식들
이렇게 낳고 기르셨으니 이제 인생
황혼에 몸과 마음 강건하고 주의 주시는
평안을 누리시고 자녀 손들, 잘되고
형통한 것을 보시며 여생 희락 하소서

세상 처음 보는 연꽃

석양 마주한 너의 눈길에
맞닿는 순간 발길 뗄 수 없다
숨을 쉴 수 없게 하는 너는 누구냐?

너 홀로 호수 위에 무얼 하러 나왔냐?
호수 위 백조처럼 우아한 모습
깔깔대는 새소리, 감미로운 비단 물결

여린 물풀 매만지고 돌아온 신선한 바람
너 홀로 우뚝 서 무얼 바라보느냐?
세상에 처음 내미는 모습 화려한 자락
감추고 어린아이처럼 그리도 밝니?

고운 얼굴에 연초록 엷은 새 옷 입고
뿜어 나오는 순결하고 청순한
너의 고혹적인 얼굴에 청아한 미소까지
아! 나보고 어쩌란 말이냐?

넓은 하늘 품

넓은 하늘 품 내가 머물 곳,
맑은 날 내리는 햇빛
님의 고운 옷자락이라

시린 밤 온몸으로 지새운 풀잎
이슬방울 하나에도 살포시 내려앉아
다정한 친구 되어 주는 넌
향기로운 님의 마음이라

땅에 떨어지는 이슬방울
푸른 개울 따라 흘러
온 세상 하늘동산 이루니
내 마음은 푸른 하늘이라

다시 꽃 피기까지

어느 길에
소담히 피어난 클로버 한 송이

에덴의 동쪽 처음 빚은 햇살에
푸른 빛 영롱하다

품속에 두었던 흙으로 만든 사랑아
꽃반지는 너도 하나 나도 하나

사랑하는 님, 품에 있던
그 향기로 웃음 웃고

시들어 다시 꽃 피기까지
님의 품에 안겨
길고 긴 약속 이어 가리라

내 마음에 핀 코스모스

넌, 힘없고 가냘픈 몸매
뭇 사내들의 동정심 건드리고
연분홍 얼굴에 가슴 품은 진한 향기
마주하는 마음마다 애타게 하는구나!

널, 그냥 지나칠 수 없어
턱밑까지 다가와 입맞춤하니
그 맛 사랑이로다

넌, 가는 허리 쉬이 내어 주고도
온화한 얼굴
노여운 맘 잠시 감춰 두는구나!

넌, 소년들 장난에 놀이 되고
소녀들 머리에 분홍빛 추억 수놓으니
그 고운 자태, 가을 길 열어 놓아
그 향기로운 마음
다함없는 사랑이어라

기나긴 겨울 오후

기나긴 겨울 오후
삼한사온(三寒四溫) 계절 감각도 잊은 채
사람들 꽁꽁 방안에 가둬 두고
차가운 골목길 쌩 돌아온 북풍

칼바람에 죽은 듯 서 있는 나무들
어느 따스한 날 아침
동녘 밝은 태양만 고대한다
하루 또다시 하루를

눈 덮인 골목길 여린 할머니
종이 줍는 가냘픈 손길 바쁘다
집에 가면 따스한 연탄불
언 손이라도 녹일 수 있을까?

아무리 눈보라 일고 얼어붙은 나날 길어도
삶 속 소망의 끝자락 붙들고
꼼지락거리는 그 손길
언 땅 녹이는 봄기운 가슴까지 파고든다

어머니의 설

일곱 자식에 대한 사랑, 등에 업고
허리 펼 시간 호박나물 삶고, 고구마 순
삶아, 시루떡 빚어 정성껏 윗목에
놓아 두니 섣달 그믐날 삭풍에
호롱불 지는 시간 잊은 지 오래다

눈꺼풀 붙이는가 하더니 새벽닭 홰친다
천 근 같은 무거운 몸 어찌 일으켰나?
정월 초하루 아침 어머니
분주한 손놀림에 밝아 온다

상 차리려 새벽잠 설치신 아낙네 거친
손마디 그저 행복밖에 몰랐던 가난한
시골 아이들 얼굴 함박꽃 웃음꽃
터뜨리고야 젖은 손 닦아 낸다

팔순 가냘픈 여인의 고요한 설 아침
둥지 떠난 자식들 무슨 사연 하도 많아
제때 돌아올 시간 잊었다

조촐한 상 앞에 두고 자녀 손자 위해
아무 탈 없이 잘되어 세상에 빛 되게
하소서 꾸러 가지 않고 꿔 주고 나눠 주게
하소서 하늘의 하나님께 빌고 빌어
식은 국 다시 끓인다

절규!

내 아들 살려 내라!
내 아들 살아 있다고 말해 줘!
이 절규 찢어지는 마음
아! 나는 어떻게 살라고!
절박한 외침,
말없이 뺨을 타고 흐르는 눈물

누가 이들의 외침에 귀 기울여 주나?
누가 두 뺨에 흐르는 눈물 닦아 주나?
누가 이 뜨거운 마음 위로해 주나?

안타깝고 안타까운 서해 백령도 천안함
터지는 가슴으로 길러 낸 내 아들
저 푸른 바다 밑에 엎드려 있다니!

안타깝고도 안타까워 가슴 찢어지고
마음 미어져 말도 할 수 없구나

아직도 푸른 바다 어제 그 바다인데
어제 내 아들, 내 아들

불러도, 불러도 대답 없구나
목 놓아 불러도
웃는 그 얼굴 다시 볼 수 없구나

살아만 있어 다오!
희망의 끈을 놓지 말아다오!
실낱같은 희망 온 마음 쏟아 놓는다
살아만 있어 다오
구조대원 갈 때까지 제발, 제발….

오, 주여!
저들을 긍휼히 여기소서!

* 2010. 3. 26. 천안함 침몰 소식 듣고

길 가면

길 가면
꽃길 반기고

들꽃 바라보면
사랑 노래 들려오고

초록 잎 매 만지면
마음엔 사랑의 향기
가득하여라

노래할 이유 있나요?

가벼운 마음으로 노래할 수 있나요?
진실한 마음으로 노래할 수 있나요?
노래할 이유
마음속에 꿈틀대고 있나요?

눈을 들어 하늘 보고
눈을 들어 빛나는 나뭇잎 보라
고개 숙여, 돌 틈 피어나는 새싹 보고
저 펼쳐진 들꽃, 작은 꽃송이,
흐르는 시냇물을 보라

빛나는 눈동자 눈 맞춤 해 보라
창조의 영광에 심장 뛰리라

노래할 이유 여기 있네
태초의 기쁨 맛볼 이유 여기 있네

빛나는 눈동자에 담긴
사랑의 향기 여기에 있네

봄, 여름, 가을, 겨울

은근히 다가오는 봄
기다리고 기다리던 따사로운 봄
뒷동산 언덕에
아지랑이 꽃처럼 피어오르고

강남 갔던 제비 처마 밑 집 지을 때
한꺼번에 꽃봉오리 터뜨리는 매조 꽃들
봄바람 웃음소리 앞마당 가득하다

고대하던 방학 열리는 여름,
골목마다 재잘대는 친구들 놀이마당
울타리마다 호박꽃, 벌들 유혹하고
하얗다가 무르익어
노란 향기 토하여 진동하는 인동초(忍冬草)

흡혈귀 모기떼 쫓아내면 숨어 있던
은하수 물줄기처럼 쏟아질 때
종일 뛰어놀다 지친 다리 쭉 뻗는
아이들의 잠꼬대 여름밤은 익어간다

푸른 하늘 내 마음의 문 열면 여기는
가을 아침, 고추잠자리 울타리 넘나들며
숨바꼭질할 때 내 고향 들녘 학다리(鶴橋)
벼메뚜기들 통통 살이 오르고,

대롱대롱 무수히 달린 대추 열매
막 휘두르는 대막대기 부르는 날이면
부풀어 오른 열매, 너와 나 가슴에
묻어둔 추억 은근한 미소 매달아 놓는다

흰 눈 정겨워 꿈꾸면 너와 나의 추억
어느새 겨울 한복판,
차가운 북풍에 몸 꼬이면
온몸으로 맛 토해 낸 감잎, 은은히 잠든다

짧은 해 식어 가면 벌써 대나무 울타리
서녘 하늘에 드리우고
찬물에 보리쌀 씻는 울 엄마 손
걱정 없는 일곱 남매 장난 놀이
한없이 방구들 데워 놓는다

단풍잎 하나

빨갛게 물든 단풍잎 누구의 얼굴
닮았기에 그리 서럽도록 붉습니까?

어느 뜨거운 마음 가진 이
얼굴 비벼 댔기에 놀란 햇볕
반짝이도록 붉은 정 담아 둡니까?

쌀쌀한 바람 이리저리 날려 보내도
차마 자리 떠날 수 없어 머뭇거리다
하늘 소망 눈 맞춤하고
들국화 어울려 가려 하나요?

조용히 무릎 꿇어 손 내밀다 말고
다시 커다란 나무 사이 갑니다

잊을 수 없어 뒤돌아보는데
아까 본 눈빛에
어찌 내 마음 붉어만 갑니까?

눈길

일기예보에 5cm가량 눈 내린다더니
아침부터 안산에 눈 내렸다. 바람도
잠들어 눈이 내린 대로
온천지 새하얀 세계로 바꾸어 놓았다

잠바 입고 모자 쓰고 길을 나섰다
밤이면 무수한 별들 모이는 은하수 공원
거닐었다
먼저 간 발자국 도장처럼 새겨 놓았다

농구장 옆 지나는데 하얀 눈 위로 아무도
지나지 않아 말 그대로 하얀 잔디 같다
어찌나 햇볕에 반짝이는지
눈부셔 그냥 지나칠 수 없다

하얀 세상, 처음 내린 눈처럼 쏟아 놓은
그 자리 뭐라고 대답해야 할 것만 같아
사랑이라고 발자국으로 크게 써 놓았다
맑고 하얀 아름다운 세상 해가 지도록
LOVE, 지워지지 않았으면 좋겠다

새해 아침

창조주의 은혜로 새해를 맞는다. 어둠을
거두어들이는 새 아침 태양이 뜬다
지난날 괴롭고도 슬픈 일, 기쁘고도
환희에 찬 일들 굵은 바위에 새겨 놓고
바람이 분다. 새 하늘 맑은 기운 날개에
싣고 새 아침 밝고 환한 기운
온 천지에 펼쳐 놓는다

들풀 하나, 들꽃 향기 하나 산등성 우뚝
솟은 바위 비바람 찬 이슬 머리에 이고
야무진 나이테 하나 더한다
무수한 낙엽 촉촉한 가을비
흰 눈꽃 송이 더하여 굳어진 땅
봄기운 틔울 기름진 땅 무르익는다

동해 붉은 태양 너와 나 주인공으로
밝은 빛 비추어 사랑 노래 부르게 하니
지난해 가꾸어 온 정성 어린 마음
길이길이 이어 가리라

늙은 나무

그대여!
두꺼운 나무껍질의 무게 힘겨워
끝자락 겨울 고개 그렇게 버겁나 보구려

그날 오면 벌 나비 함께 모여
춤추자 약속한 그 언약
저 검은 바위 돌아오기를 몇 번인가요?

기다리다 굵은 허리 이리 휘고 저리
뒤틀리고 세찬 비바람에다 상한 가지
그저 떨구고만 있으니
너와 나 손 맞잡고 함께
꿈꾸던 그 꿈 그저 꿈인가요?

아직 비바람 찬 서리
하지만 난 믿어요
그대와 나 맞잡은 손에 사랑 움트는 날
두꺼운 외투 천사의 날개라 당신과 나
꿈꾸던 동산 훨훨 날리라는 걸

꿈꾸는 자의 봄나들이

삼월 떠난 자리에
기다렸다는 듯 뛰어나온 사월의 봄 마중
부끄러운 마음에 소리도 못 내고
너무나 반가워 감출 수 없는 기쁨
얼굴에 묻어난다

거친 대지에 그저 노란 치마저고리 입에
물고 새끼병아리 웃음만 머금는다

기쁨 넘치는 벚꽃 하늘 향해 깔깔대고
아가, 손잡은 민들레
길가 돌 틈에 보금자리
봄 마중하는 내 발 붙잡고 늘어진다

가만히 손 내민 내 가슴에
꿈꾸는 자의 손바닥 노란 물들어
봄 잔치 가자며 성화다

연분홍 코스모스

여린 얼굴 마주하는 순간
내 마음 뛰어놀았지요
푸른 하늘 닮은 웃음소리 듣는 순간
흥분한 마음 땀처럼 밀려 나옵니다

가느다란 허리로 한 번 휘감아 춤추며
그대에게 다가가는 날 발견했고
두 팔 벌려 날 반길 때
난 그 품에 안겨 꿈인 줄 알았지요

어찌 당신 얼굴엔 맑은 하늘 있나요?
한 번 보는 것으로 그대 향한
뗄 수 없는 눈 향기로운 얼굴
다가올 때마다 비벼댄 얼굴,
두 볼 향기로 은은히 빛났다오

당신의 수줍은 입술에 가만히
입맞춤하고 태고의 숨결 마셔
영원히 그 사랑 만끽하리라

당신의 거짓 없는 향기,
청순하고 부드러운 살결,
넓고 온화한 가슴에 기대어
끝없는 사랑을 속삭이리라

사랑의 고백

천사의 얼굴 본 적 있나요?
아직 없어요? 꽃을 보세요
따스한 봄바람에 피어난 하얀 꽃 보세요
노란 개나리꽃을 보세요. 환하게 웃고
있잖아요. 천사가 거기 있어요

봄 동산에 피는 꽃
겨우내 긴 잠 털어 내는 너털웃음
흠과 티 없는 아가 얼굴처럼 청결하고도
아름다워 고와 만지면 처음 품었던 순수
때 낄까 봐 그 밝고도 환한 웃음소리
잦아들까 봐 손 내밀다 맙니다

따스한 봄 언덕에 핀 꽃 어릴 적
꿈 담은 사랑입니다
장독대에도 매조 꽃
피고 강아지 뒹굴던 마당에 풀 돋으면
우리의 꿈 하늘을 날아갑니다

봄 길에 피어난 살구꽃, 하얀 벚꽃,

햇병아리 같은 개나리꽃,
우리 누나 수줍은 얼굴 같은 진달래꽃,
소꿉친구 보랏빛 제비꽃 한꺼번에 웃어요

뒷동산, 들판 봇둑 일제히 터져 나온
흥겨운 노래에 온 동네 들썩입니다
에덴의 기적 여기에 창조주 첫사랑 고백
여기 영원히 함께합니다

처음 에덴에 꽃필 때 품었던 약속
그 사랑의 고백, 지금도 들려옵니다

마음조차 앗아간 꽃

가느다란 가시 사이로 피어난
나팔꽃 같은 보랏빛 선인장 꽃
너는 아침 밝히는 등불

창조주 영광 울려 나고
한없이 꽃술 속으로 빨아들이는 고요한 숨결
너와 눈 마주하면 감동의 물결
요동치는 걸 멈출 수가 없구나

잠시 후면 눈을 감듯 조용히 고개 숙여
그리운 님에게 돌아갈 시간
너의 분홍빛 고운 자태
내 마음 빼앗는구나

곱고도 고와라
티 없이 맑은 너의 얼굴
한 번 마주한 너의 눈길에
내 마음 붉어 두둥실 네 품에 하나여라

미친놈

미친놈!
네가 하나님의 아들 그리스도거든
십자가에서 내려와 봐라. 당장!

맘 같으면 당장 뛰어 내려가 그놈 뺨
사정없이 후려치고 다시 나무에 올라가
하늘 아버지의 뜻을 행했을 텐데….

미친놈! 사랑이 뭔지 미련스럽게
십자가에 달려 끝까지 참아 낸다.
마지막 남긴 말 '저들의 죄를 용서하소서!'

미친놈! 그래도 그렇지.
아무리 사랑이 제일이라 하지만,
하나뿐인 아들을 아니
원수 살리자고 죽음에 내어주다니.

뭐든 미치면 말릴 수야 없지.
미쳐 봤어? 당신!

썰물에 부서진 바위처럼

유난히 길었던 올여름 장마
무르익은 오곡백과 첫 열매 거두어
감사 노래 부르기도 초라하다

해지면 더 외로울까 봐
첫 열매 거두어 감사드리는 때 되면
지친 몸이지만 생기 불어넣어
천 리 길이라도 한 걸음으로

형제들 가지 않아도, 혼자만이라도
홀로 계신 어머니를 찾는다
고향이다. 그래서 그리운 마음 더하다

부스러기 같은 형제들 모여 잠시 묵은 정
나누다가 다시금 고향 집 대문 나서는데
밀물에 깨어지고 썰물에 부서진 검은
바위처럼 수만 그리움 얼굴에 감춘 채
구부정한 허리로 마당 가에
홀로 서 계신다 어머니!

가까이 다가갈수록

가까이 다가갈수록 따스한 언덕
푸른 들판 너른 들
두 팔 들어 맞이하는데

가까이 다가갈수록
더 가까이 다가가고 싶은데….
곁에 두고 싶고 함께하고 싶다

오십 줄 넘으니
멀리 두어야 가까이 보이니….

그리운 고향 집 가까이 다가갈수록
왜 저 멀리 달아나시나요?
어머니!
커다란 고목처럼
시린 정만 남겨 두고서

꽃잎

넌,
어디서 왔기에
그리도 고운가?

무슨 사연을 담고 있기에
수줍은 얼굴로 반기는가?

어둠은 어디에 감춰 두고
언제나 맑은 목소리로
내 마음 흔드는가?

삶

문 나서면
파란 하늘 내려와
길 열어 놓는다

푸른 나무와 어깨동무하고
여리고 여린 풀잎 하나
다정히 머리 숙이면
길은 환하다

너와 나 함께 가면
너는 내 친구
나는 네 친구

끝없는 이어지는 발걸음 소리
잦아들 때면
삶은 너와 나의 꽃이 된다

신(神)의 노래 들으려면

신(神)의 노래 들으려면
밤하늘에 피어난 별들의 합창에
귀 기울여 보라

신의 마음 색깔을 알아보려면
아침 이슬로 옷 입은 푸른 풀밭에
마음 문질러 보라

신의 영광의 향취 맛보려거든
갓난아기 살결보다 고운
에덴의 꽃송이에
머리를 파묻어 보라

그리고
잠잠히 숨죽여 보라

12월 오후

가을 햇살 아직 남아 있는데
작별을 나누자며 다가서는 언 손
외면하지 못하고
붙잡고야 말았어요

언 땅을 박차고 나온
맑디맑은 푸른 새싹
믿음의 실로 사랑의 꿀단지 엮어
너의 행복, 나의 기쁨
너의 기쁨, 나의 노래 되고 싶었건만….

다시 메마른 낙엽 위에
돌아올 희망의 꽃씨
감추어 둡니다

한 떨기 꽃일지라도

갈 곳 몰라 방황하는 작은 바람일지라도
겨우내 기다리는 아낙네
언 손 녹여 주어라

잠시 귓가에 머물다가 소리 없이
사라지는 세미한 음성일지라도
따스한 품속 두었던 진실한 마음이어라

저 멀리 북쪽 하늘 비추던 작은
햇볕 한 자락에도 불그스레 반기며
달려 나온 한 떨기 꽃일지라도 닫혔던
마음 문 열게 하는 낙원
꿈 담은 향기이어라

먼지 뒤덮는 시장통 거닐던 발일지라도
온종일 기다리는 초롱초롱 어린 눈망울
찾아가는 울 엄마 발자국이어라
마주치는 눈빛 반겨 주는 이 없을지라도
파란 하늘 마주한 맑은 눈동자이어라

생명의 빛

낙원에서 끝없는 욕망으로 쫓겨난 인생
태초에 사랑의 동산, 너는 내 살이요
뼈 중의 뼈, 한 몸, 한 행복이었건만

너 때문에 불행의 씨앗 안고 일군 터
형제간 시기와 다툼, 미움과 증오
마침내 땅에 흐르는 피

꽃은 어둠에 시들고 생명은 죽음의
그림자에 갇히고 절망은 긴 생명력으로
오고 오는 세대를 이어주건만

천 년을 하루같이 기다리던 그 열정
신의 영광 더러운 욕망으로 채운 가슴
한 알의 밀알로 십자가에 못 박히고
마침내 죽음을 죽이는 죽음을 죽고
다시 산 예수
아기 예수! 우리 구주 탄생
함께 엎디어 경배 찬양 드리세

6장 가슴에 스미는 태양

(2011년 12월~2014년 2월)

가슴에 스미는 태양

동아줄로 묶어 두려 하나,
다시 올 수 없는 곳으로 떠나는 그대
차마 보낼 수 없어 바라만 보며
밤새, 뒤척이다 눈 뜨니 자다 깬 아가
얼굴 같은 태양 떠오르는 소리 요란타

지난밤 깊이 동해에 담가 두었던 태양
기암절벽 울긋불긋 단장한 산허리
커다란 팔로 드려 안고 한숨과 탄식,
아쉬움과 후회 몸부림친 가슴에
날개 펴 찬란히 빛나는 무대로
한 걸음씩 다가온다

머리 들어라
저 빛나는 아침을 보라
지친 무릎에 힘주고 허리를 펴라
소망의 땅에 처음 길을 나설 때처럼
한 발자국 내밀어라

허리 굽혀 내민 손, 함박웃음 흐르니

착하고 아름다운 발길에 작은
빛줄기 하늘을 난다
기어이 솟아난 소망 품은 가슴마다
물결치는 태양
조물주의 영광 노래에 흥겹구나

봄 오는 소리 1

이 소리 들었나요?
자박자박 오는 봄 소리를
아니면 노란 유채꽃 너머로 오는
푸르디 바다를 바라보세요

어느새 파란 물보라에
유채꽃 향기
젖어 들 것입니다

집으로 돌아오는 길 살며시 걷다 보면
어느새 어여쁜 진달래
친구 되어 따라옵니다

차마 반갑다고 말 못 하고
자꾸 따라와 살며시
내 가슴에 안기고 맙니다

내 얼굴 함께 부끄러워
꽃향기에 숨습니다

십자가에서 내려오라

이 돌들이 빵이 되게 하라
그러면 모두가 배부를 것이다
네가 만일 하나님의 아들이거든
성전 꼭대기에서 뛰어내려라
그러면 네가 영웅이 될 것이다

내게 엎드려 경배하라
그러면 천하만국과 그 영광을 주리라
사람의 가장 깊숙한 곳에
자리 잡은 욕구로 예수를 시험한다

대제사장들과 장로들 예수를 십자가에
못 박으라고 요청하자,
백성들 큰 소리로 화답한다
"십자가에 못 박으소서!"
큰 소리가 이겼다
"네가 만일 하나님의 아들이거든
십자가에서 내려오라, 내려오면
우리가 믿으리라"

민중들의 요구 거세다. 침묵으로
답을 대신하는 예수, 하늘 아버지를
향해 "주여! 저들의 죄 용서하소서"

세상 모든 사람의 죄를 지고 눈물
한 방울, 피 한 방울 다 흘리기까지
십자가 못 박힌 그 자리 지켰던 그 사람
어둠 내리고 온 세상을 덮는다. 사흘
지난 아침, 부활의 빛나는 그날 왔다

겨우내 잠자던 새싹,
한없는 어깨춤 추는 들꽃 환히 웃으며
일제히 부활 예수 찬양하누나

비웃는 소리

이 웃음소리 들리는가? 예수를 십자가에
내어준 사람들의 웃음소리 정치적 힘,
종교적 권력의 힘에 눌려 값싼 웃음을
판 사람들 목이 터지라 하며 "죽여라"
소리쳤던 갈대 같은
사람들의 가벼운 웃음소리

십자가 지고 골고다 언덕 오를 때
가다가 쓰러지고, 다시 일어나
비틀거리며 갈 때 비웃던 길가
사람들의 냉정한 웃음소리

십자가에 커다란 쇠못 박던 군병들의
충성스러운 웃음소리 십자가에 달려
피 흘리는 예수를 향해 "네가 하나님의 아들이면 내려
오라 당장! 그러면 믿겠다"
네 능력을 보이라며 욕을 퍼붓는 사람들
웃음소리 예루살렘, 유대와 사마리아까지
파장을 일으키며 퍼져 나갔다

어둠은 아직도 내린다. 비웃는 저
웃음소리 아래로 저들의 승리의 축제
저물어 가는 새벽 검은 침묵 속에
꿈틀거리는 새벽빛 흐른다

4월에 꽃피는 웃음소리, 온 천하 만물
뜨거운 가슴 품을 때 드넓은 벌판에
거무튀튀한 짓밟은 흙 속 새싹들의
신선한 웃음 하나둘, 하나둘 소리 지른다
눈 깜짝할 사이 빛보다 환한 웃음소리
이 산 저 골짜기에 메아리친다

가슴으로 맞아주는 벚꽃 하얀 웃음소리
기다리던 님 반기는 진달래꽃 분홍빛
웃음소리 기나긴 눈덩이 머리에 이고,
선홍빛 웃음 웃는 동백의 환한 미소
들리는가? 견딜 수 없는 꽃들의 외침
억제할 수 없는 꽃잎들 환희의 노래

예수 부활 나의 부활 예수 부활
나의 찬양 예수 사랑 나의 행복

독백

예수 그놈! 죽일 놈! 죽여 없애야지
덤비길 어딜 덤벼 나사렛 목수 주제에
성전을 헐어? 흥, 사흘에 다시 지어?
까불고 있어. 몇 가지 마술로 사람들 시선
끌더니 뭐? 자기가 왕이라고?
네가 왕이면 나는 황제다

뭐어? 우리 하는 일이 외식이라고?
섬김을 받으려면 섬기고 높아지려면
자신을 낮추라고?
웃기고 있네. 네가 세상 물정을 알아?
네가 권력의 쓴맛을 못 봐서 그렇지

저놈! 예수, 죽여! 저주받은 자이니
십자가에 못 박아야 해. 군중들도
다 우리 편이잖아. 저놈이 하나님의
아들이라면서도 못 내려오고 십자가에서
꼼짝도 하지 않잖아. 자 축배를!
당신, 혹시 대제사장?

함께 할 수 있나요?

우리는 웃겨 줄 사람을 찾는다
그렇게 웃음에 목말라 있다는 얘기겠지
나를 웃게 해 줄 수만 있다면
기꺼이 지갑도 열 준비되어 있다

하지만 웃고만 살 수 있나? 예기치 않은
일을 만나 우는 사람이 있다. 일부러
울기 위해 돈을 내는 사람도 있을까?

즐거워하는 사람과 함께 즐거워하고
우는 사람들과 함께 울라 한다
웃어야 할 때 웃지 못하는 것도 불편하고
울어야 할 때 울지 못하는 것도
정서가 메말랐기 때문일 거다

웃는 사람과 함께 웃고
우는 사람과 함께 울 수 있다면,
그는 행복한 사람이겠지
당신의 웃음보 터뜨릴 준비했나요?

당신의 눈물샘
마르지 않는 시내 되어
어느 마음으로 흐르고 있나요?

밝힐 사람

시대는
탁류 속에서 흐른다

커다란 물줄기
아무도 거스를 수 없다 하여
너도나도 동무 되어 달려간다

하늘의 뜻 이루고자 꼿꼿이 서서
시대를 온몸으로
밝힐 사람은 누구인가?

천 년을 하루처럼 자리 지킨 바위같이
뙤약볕 아래 푸른 얼굴로

눈보라 치는 날 몸짓으로
서 있는 늘 푸른 나무처럼

새벽길

어둠, 침묵을 몰고 와 달 고개 넘으니
흰 구름 높은 산허리 휘감고
이슬 머금어 얼굴을 내민 새벽

기나긴 밤 지친 몸 뒤척이며
다듬어 놓은 하얀 옷 입고
열어 놓은 길가는 여명

밤새 담아놓은 긴 호흡 한 번
들이마실 때 새날, 새 세상 이어 갈
걸음 하나에 바윗돌 하나 놓는다

수정같이 맑은 이슬로 푸른 잎, 눈 뜨고
가슴 깊숙한 곳까지 들어온 님의 태양

새벽길 나서는 넌, 나의 새벽
누군가 열어 놓은 새벽
난 첫발을 내디딘다

돌베개와 사닥다리

허겁지겁 떠나왔다
가족과 눈인사도 제대로 못 하고
어릴 적 수많은 추억 흩어져 있는
골목길 지나왔다. 흐릿한 이슬로
젖은 산허리 조용히 가슴에 여울지는데
들짐승 울음소리 나그넷길 붙잡는 그곳
돌베개하고 낯선 밤하늘별 헤아리며
오지 않은 잠을 청해 보았다

어느 깊은 밤, 한 번도 보지 못한
천사 오르락내리락하는 사닥다리에 정신
오락가락했다. 내가 올라야 하는
사닥다리는 어디 있을까?
그 돌계단 따라 올라간 자리
커다란 성전,
그 보좌에 내 이름은 확실할까?

미지의 세계를 향한 발걸음 지난밤
환상 중에 본 약속은 여전할까?
반겨줄 사람 없어도 가야 할 길이라면

터벅터벅 한 걸음, 한 걸음 가리라

지팡이 하나로 길을 헤치며
나를 놓지 않는 그 약속이라면
나, 가리라
꿈을 안고 돌아오는 그날까지

넌 보았느냐?

내 발목 붙잡고 놓아주지 않은 세월의 때
누구의 흔적인가?
오래 두어도 다시 거울 앞에 선 것처럼
웃음 지으며 바라볼 나의 얼굴 무엇인가?
양지바른 언덕에 아지랑이 오를 때
푸른 꿈을 심었다
그땐 꿈 끝없는 하늘을 날았지

천둥 치고 비바람 불어 땅 흔들면
어린아이는 몸 웅크렸다
비 그칠 때 무심코 눈길을 내어놓으면
가슴엔 황토 빛깔 김 모락모락 피어올랐지
어디 향한 그리움이기에 그다지도 가슴은
검게 멍들었나!

파란 하늘 춤을 추듯 저 높은 곳으로
올라갈 때 뙤약볕 아래 주저하던 내 얼굴
검게 그을려 자꾸 내 곁에 다가온다
어쩌란 말이냐?
저 넓은 들 풍성한 열매 앞에

내가 심고 가꾼 열매는 어디 있단 말이냐?

겨울 일찍 대비하란 말이냐?
창틈으로 살며시 들어온 낯선 바람
갓난아기 보채듯 긴 밤을 자꾸만 깨운다
이슬처럼 내리는 하얀 눈
그리운 고향 정취 그려 내는데
시린 내 가슴은 누구의 상처란 말인가!

동녘에 붉은 놀, 높은 산 잠재우고
놀란 토끼 눈 가진 태양, 깊은 골 돌아오는데
난 텅 빈 가슴으로 언덕에 서 있다
바라만 보아도 수정같이 맑은 새벽 입김
두꺼운 겨울옷 틈에 낀 감사한 숨결
깨웠다. 다시 한번 작은 걸음
내디딜 때 천지 고요히 숨을 고른다

키 큰 나무, 작은 풀잎으로 옷깃 여민 숲
추위에 떨던 산 새 두 마리 고운 화음에
길 가던 메아리 콧노래 부른다
내 심장 고동 소리에 고개 숙일 때
복사꽃, 진달래꽃 환희 합창 무대를 위해
묵은 대지 은근히 등을 내어 준다

넌, 보았느냐?
너와 나 사랑의 줄로 묶인 길 확인해 줄
하늘에서 땅에 입맞춤한 그 미소를

들었느냐?
너에게 다가오는 진정한 친구의 목소리를
눈꽃 필 때 얼어붙은 손가락 호호 불며
맞잡은 손바닥 사이에
울리는 사랑의 노래를

겨울 전(前)에 속히 오라

하염없이 눈 내린 벌판
지난 걸음 가슴에 품고 이끌어주신 분
마음에 기꺼이 반응한 시간 있었다면,
감사의 노래 부르리라

선한 싸움 싸우며 달려온 길
몸부림친 파편들로 가득하다면
난 다짐하리라. 우리가 걸어온 길,
너도 걸을 수 있다고
두둥실 흰 구름 되어 응원하리라

비록 거칠고 험한 여정일지라도
선한 싸움 싸우는 길이라면
면류관을 예비하신 이 예수라면 가리라

작은 몸짓 하나라도 또 다른 격려가 되고
가는 길에 들꽃 향기 될 수 있다면,
말하리라. 너는 어서 내게로 오라
날 저물기 전(前), 흰 눈 내리는 겨울 전에

응원

새하얀 눈 사이로
은혜로 물든 붉은 놀 서산 기울고
새로 믿음의 줄 엮어 갈
동녘의 붉은 태양
푸른 파도 타고 넘는다

모여라. 동방의 빛이여!
서산에 숨은 태양아! 솟아올라라
주 영광의 빛 노래하라

저 복음의 나팔 소리 터질 듯 숨결로
응답하는 사랑의 경주자들 향해
높은 산 깊은 골 다가오라

고요히 흐르는 강물아!
평화의 줄로 길이길이 수놓아라
사랑과 진리의 터전 서로 만나
사랑의 동산 이룰 때까지

길을 가면

길을 가면 난 혼자가 된다

한없이 뻗은 길 한 걸음,
한 걸음 걸을 때마다
하늘은 맑게 개고 마음엔 평화의 강물
숭어 떼 뛰논다

혼자 가는 길이다. 자꾸 동무하자며
따라오는 친구 돌아보니 외로움인걸
조용히 말을 건네면 은근히 어깨 기댄다

길을 가면 저 멀리 있던 산 다가오고
아무렇게나 서 있는 나무들
따스한 눈길 보내며 함께 가잔다

어느새 우린 친구 오랜 벗 풀 나무 돌덩어리 말 섞다 보
면 이름 없는 꽃들도 친구
흐르는 시냇물 아름다운 선율
흥 돋아 춤춘다

왜, 가야 합니까?

왜, 가야 합니까? 그는 보내지 않았어도
바람처럼 떠나갔습니다. 순서도 없이
마치 아무런 미련도 없는 것처럼

어젯밤 꿈을 꾸며 그려 놓은 말
사랑의 가슴에 저장해 놓고
찬란한 태양 아래 아침이 열리면

그대에게 쏟아 놓으려 한 말 꺼내기도
전에 갔습니다. 내게 아무런 인사도 없이
따스하게 손잡아 주던 그 온기 아직
남아 있는데 그의 눈길 식어만 갑니다

인생은 이렇게 혼자 길을 가는 걸까요?
어제까지만 해도 손잡고 거닐던 길
이제 혼자가 되었습니다
외로운 달만 홀로 따라옵니다

서로 부대끼고 다투다 생긴 멍 자국도
이제는 그리운 이야기가 되었고

서로 손 잡아 주며 아껴 주던 그 시간
먼 옛날 흑백 사진 속 웃는 얼굴입니다

내가 나서면 길 따라와 친구가 됩니다
시들어진 풀 속엔 아직 시들지 않은 풀잎
꽃피는 봄날 한낮의 꽃향기 약속합니다

냉정히 뿌리치며 떠난 그 손길에
어김없이 나타난 적막한 아침 이슬
부활의 노래로
깊이 잠든 영혼을 깨웁니다

* 사고로 떠난 친구 아들 생각하며

보이지 않은 꽃

흔들리지 않고 피는 꽃 어디 있으랴!
젖지 않고 나는 향이 어디 있으랴 마는

보내지 않았는데 사라져 간 꽃
그 향기 내 가슴에 꽃바람 일어 놓고
이제 왜, 이 가슴만 태우고 가시렵니까?

아직도 내 마음에 핀 꽃 봄 내음
풍기는데 다정히 눈인사 할 겨를도 없이
떠나갑니까? 가는 길에 꽃향기 품어
벌 나비 날아들거든, 다정한 님에게
봄 기다리는 마음 전하소서

태워도, 태워도 다 하지 않은 가슴
재 되어 길어진 겨울 해를 마중합니다
봄 언덕 아지랑이 하늘 날고
동백꽃 붉은 향기 토해
난, 아직 그 꽃 보내지 않았습니다
벌 나비 날아들 때까지

야곱의 부러진 다리

얍복나루 기대 깊은 밤 초롱초롱 빛나던
별들 속삭임 은하수 물결에 흘러가 꼬리
감출 때까지 몸부림으로 새벽을 밝힌다
왜 약속의 땅 앞에 두고 두려워하나,
검은 사자(獅子)처럼 다가오는
너는 누구냐?

하늘을 향해 목 놓아 부르짖었는데….
다리가 쑤신다. 걸을 수 없다. 하늘밖에
길 없다. 이젠 허기진 가족 손자들
눈망울엔 광야를 가는 나그네
길게 다리를 펴고 있다

살아야 해, 길을 간다. 너와 내가 함께
하기에 부끄러운 손에
어설픈 얼굴을 담는다. 휘황찬란한
왕궁보좌 기름진 파라오 얼굴 머리 희고
다리도 절고 허기진 배에 휜 허리

"올해 연세가 얼마나 되오?"

"험악한 나그네 세월 일백삼십 년
보냈소. 천지의 주재이신 하나님의
이름으로 당신을 축복합니다."

왜, 하나님은 다리를 부러뜨려
축복하는 특권 누리게 하나요? 왜?

* 얍복강: 야곱이 천사와 씨름하던 곳

봄 마중 1

꽃봉오리에
부풀어 오른 봄 가슴

피어오르는 아지랑이
기지개에 춤추는 여름날
꿈의 속삭임

기다란 햇살 옷자락에
흐르는 향기 그윽하다

그대의 발자국에 심어 놓은
남한강 하얀 입김
어느 싹튼 봄날
푸른 하늘 날고 있나?

꽃동산 기다리는 봄 마중
설레는 새싹들 노래 속에
아름다움 흠뻑 젖은 눈망울
행복은 하늘을 나누나

나의 기쁨, 나의 노래

천지의 꽃 춤을 춘다
견딜 수 없는 감격, 감동, 뜨거운 심장
온몸을 춤추게 한다. 깊은 겨울 같은
어두운 터널 뚫고 나온 환희의 땅에 서서
기쁨의 감격을 맛보아
가슴 속 울분을 털어내고
은은한 이슬에 젖은 새벽, 난 노래한다

죽음 이기고 올라온 새싹 빛나는 얼굴처럼
부활의 아침에 생명의 주 예수 노래한다
온 천하 나들이 나온 벌 나비들
생명의 잔치 흥 돋운다

음흉한 웃음 지으며 의로운 이의
목을 조르던 날 그저 시키면 시키는 대로
하는 게 자신의 본분인 줄 알고
십자가에 못질하던 로마 병정들
오늘도 거리를 당당하게 걸어 다닌다

길이요, 진리요, 생명이라 얘기하던 나사렛

청년 나무 십자가에 담대히 못 박아 놓고
단잠 자던 정치, 종교 권력자들 죽음을
깨우는 새벽 오는 날 영원한 수치와
함께 어둠 속으로 사라지리라

나, 홍매화 만발한 섬진강 변에 서서
온갖 비리와 다툼, 시기와 악의로 가득 찬
눈길에 짓눌려 있던 시리도록 푸른 들풀들
고단한 어깨 바라본다

낙원을 이어온 검은 강물 속 꿈틀거리던
생명의 빛 연분홍 진달래 봄 노래로
화답하니 거리마다 두 손 높이 하늘을 향한
가슴 시린 벚꽃들의 향연에
온 산천 어깨 춤춘다

우리 죄와 사망을 대신 지기 위해
십자가에 벌거벗은 채로 몸을 맡기신 예수
사흘 만에 다시 사니 온 땅에
새벽빛 찬란하다

들꽃들의 박수 소리에 뜨거운 눈물 떨구는
붉은 동백 마음 깨끗이 단장한 벚꽃들

환한 얼굴 웃음꽃 메아리친다

나 여기 있어 부활의 잔치에 몸을 싣고
하늘 높이 날아간다
부활 예수, 영원히 찬양하리
나의 기쁨, 나의 노래여라

나의 봄날 분홍빛 노래였노라

아직 겨울 냄새 풍기는 찬바람 속
봄 처녀 가슴 같은 꽃봉오리들

낯선 동네인가 망설이고
가슴속에 묻어 둔 무지갯빛 꿈의 조각들
터질 듯 부풀어 오른다

한순간 초라한 잔치로
겨우내 꿈 간직한 이들의 거친 손
살며시 입맞춤하는 그날

난,
거친 숨 한 자락에
목 놓아 소리치고 사라지리라

나의 봄날
두꺼운 겨울 담을 깨트린
분홍빛 노래였노라

행여 님의 속삭임인가?

아직
겨울잠 덜 깬 차가운 바람 사이
서성이는 기다란 나무

처녀 젖가슴처럼 부푼 꽃봉오리
여기저기 수줍은 속삭임
한나절 한가하다

앙상한 가지에
매달아 둔 내 귀
어찌 간지러운가?

행여 기다리던 님의 속삭임인가?
길 붙잡고 가만히 마른 가지에
부푼 손, 매만져 본다

가슴엔 붉은 심장을

머리는
하늘을 향하라

가슴엔 예수
그리스도의 붉은 심장을

오른손은 펴고
왼손은 감추라

발은 기쁨의 신발을 신고
복의 흔적이 되게 하라

세상에 거저 되는 일 있나요?

지구, 하루에 한 번씩 어김없이 돌지요
둥글둥글 성격이 좋아서 돌까요?
인생이라는 말 입에 올려 본 사람이라면
거저 되는 것 없다는 걸 알지요

가까이 다가가면, 울퉁불퉁 모난 곳
많고 어느 때엔 열 받도록 검게
태우더니 어느 곳에 다가서면,
정떨어질 정도로 차가운 곳도 있지요

하지만 때가 되면, 어김없이
밝은 웃음 짓는 태양 떠올리느라
식은땀 흘리기를 마다하지 않지요

어느 봄날, 뒷산이던가요?
수줍은 미소 띤 예쁜 진달래
날 반기지 않겠어요?
어제까지만 해도 사방은 북풍에 짓눌려
조용한 봄 뒷마당이었는데

저 진달래꽃 마음에 품었던 밝은 미소
푸른 옷 입기도 전에 내민 저 따스한
봄볕 누구의 품속에 두었던 손길일까요?
혹 그대? 아니면 당신?

모락모락 피어오르는 따스한 밥
정갈한 된장국에 다정한 숟가락 투박한
손끝이지만 정성으로 담아 올린 소박한
꿈 그리기 위해 한 발 내딛는 아침상
말없이 먹지만, 그냥 되는 게 있나요?
다시 지구는 너와 나 마주친 눈길 속에
빛나는 행복 품에 안고 돕니다

세상에 거저 되는 일 있나요?
주(主) 은혜이지요. 이쯤 되면 뭐라고
한마디 해야지 않겠어요?
고개 숙이면 가슴 먹먹하다고요?
머리 들면? 파란 하늘 마주한 눈가에
수정같이 맑은 감사의 마음이 흘러요

친구(親舊) 있나요?

친구(親舊) 있나요?
나이 같으면 모두 친구인가요?
말을 터놓고 거침없이 하면 되나요?
나이 다르면 위계질서 확실히 세우려
정글의 법칙 적용되나요?

나이 같아서 모두 친해졌나요?
함께 지내면 모두 친구인가요?
강산 변해 잘 모르겠다고요?

친구 있나요? 나의 부끄러운 상처
내놓아도 부끄럽지 않은,
비밀스러운 얘기 꺼내도 다른 사람에게
소문날까 걱정하지 않아도 될

친구 있나요? 말을 하지 않아도
눈빛만으로도 그 마음 읽어 줄
낯선 땅, 어려움 당한 이웃에게 손
내밀어 주고 아픈 곳 어루만지고
아무 일 없다는 듯 자기 제 길 가는

친구 있나요? 불의(不義) 앞에 분노하고
더러운 이익 즐기는 이들을 조롱하고
참된 길이라면 함께 가는 이 없어도
뒤돌아보지 않는

사랑의 경계를 넘어

많이 사랑한 사람 더 많이 아파한다
사랑하는 이 떠날 때

많이 사랑한 사람 더 많이 그리워한다
사랑하는 이 멀어져 갈 때

많이 내어준 이 더 많이 품을 수 있다
마음이 시리고 아프지만

더 넓어진 사랑의 경계에 서서
더 넓혀질 사랑의 경계 사모하며

가슴은 작지만, 그 안에 깃든 사랑
경계 끝없다

나, 그 경계에 서서
남몰래 그 선을 넘고 싶다

알랑가 몰라

오백열여덟 해, 조선왕국 왜 망했나?
끝없는 당파 싸움 깊숙한 곳 자리 잡은
인간의 이기심 너 죽고 나 살기
뱀 머리처럼 꿈틀대고 있다
너 잘 되고 나 잘 안 되는 건
차마 견딜 수 없어 심장의 피 거꾸로 흐른다

하늘의 신(神)을 향해 꿇어 엎드릴 그 피
이미 말라 바닥 드러낸 지 오래
오천 년 이어온 한반도 땅,
진실의 기둥 새까만 거짓, 소리 없이
갉아먹기 시작한 지 얼마던가?

알랑가 몰라, 무식한 것들!
사촌의 얼굴에 키스하며
"형님 안녕하십니까?"
인사하던 그 손엔 배를 꿰뚫은
단검 피를 뚝뚝 떨어뜨렸다

저들은 눈먼 강아지 같은 한반도, 다리,

댐, 칠도 건설해 놓고, 눈 뜨게 해 줬다며
아직도 칼춤을 추느라 여념이 없는데….
광야의 사람, 목에 핏대 세우며 외친다
조선 망하고 왜적들에 의해 난도질당한
이 땅 억울하고 분해도 그 서러운 눈물
가슴속으로 삼켜야 했던 그날그날

"망한 이유가 뭐냐고? 그것은 첫째도
거짓, 둘째도 거짓, 셋째도 거짓이요"
광야 소리 저 멀리 수평선 넘은 지 오래

뭐가 무식이냐고? 그걸 몰라서 묻나?
정직한 것이 무엇인지, 의로운 것이
무엇인지 모르는 것이 무식이요, 선하고
아름다운 것을 사랑할 줄 모르는 것이
게으르고 무능한 것인걸

온 땅에 찬란히 빛나는 창조주
아름다운 거 보지 못하는 건 시력 심한
문제가 있는 게 아니겠는가!
이 땅 태양 처음 비추던 날부터
이날까지 뜨거운 사랑과 열정을 받고도
깨닫지 못한 것이 무식이요

그 사랑에 아직 반응하지 못한 것이
한심한 나태가 아니겠는가?
무식한 것들, 알랑가 몰라
그래서 화가 난다

다만 공의가 물처럼, 정의가 마르지 않는
강물처럼 흐를 때 난, 그 강가에 두 발
담그고 기쁨의 눈물 흘리리라

사랑의 감동으로 다가가라

생명의 약동으로
땅을 박차고 일어나라

사랑의 감동으로
다가가 손을 내밀고

희망의 설렘으로
입술을 열어라

홀로 피어 외로운 꽃이여

들에 홀로 피어
외로운 꽃이여!

거친 비바람 그치지 않아도
맨발로 지나온 향기로운 밭
뒤틀려 어두운 구름
황량한 들판 길에 깊이깊이 묻어 두고

향기로운 얼굴로
온 마음 담아 춤을 추어라

다시 일어나라
햇빛 마주한 들에 핀 꽃이여!
밤새 시리도록 외로워도
지워도, 지워도 지울 수 없는
향기로 피어나라

지나온 발자국

지나온 발자국
나의 얼굴

그 맑은 눈동자
새겨 놓은 마음
그 누구의 소원이었나?

맑은 샘 흐르는 시냇가
머물다간 파란 하늘
누구의 날갯짓인가?

그날이 오면
밤 깊도록 가슴앓이 하던 날
곱씹어 새겨 보리라

게으름

봄, 겨울 게으름 탓에 소망의 꽃 피어
희락 하는 날 길어만 갑니다

여름, 늘어진 태양열 한없는 하품 소리
하룻강아지 늘어지게 잠들고 청록 고운 빛깔 잎사귀 싱
싱한 열매 한 아름 품어 냅니다

가을, 늘어 터지게 자다 깬 고추잠자리
파란 하늘에 보금자리 만들 때
부끄러운 얼굴 살포시 미소 담아냅니다

겨울, 숙였던 고개 빠끔히 들고
하늘 향해 꿈 잉태할 새순 기대하며
침묵의 기도 굴로 들어갑니다

어느 봄, 고운 빛깔로 새 하늘 맞아
북풍 찬 서리 굽은 등으로
기어이 막아 냅니다
여름날 게으른 더위 발아래 감추고….

그날에, 그날이 오면

하늘 열리고 바다 갈라지고 땅
솟아오르던 날, 조물주 입가엔 미소
흘렀다. 어느 날 낙원에 먹구름 끼더니
천둥, 번개 요란하고 비바람 몰아쳤다
가슴마다 흙탕물 흐르더니 검붉은 피 되어
땅을 더럽혔다

대한제국 13년 만에 국권침탈로 국권
잃던 날 1920년 나라 싼값에 팔아먹은
이들의 입가에 미소 흐를 때 어두운 땅
열기 위해 몸부림치다가
방성대곡하는 이 있었으니

1945년 8월 15일 드디어 일본의 잔혹한
침탈행위에서 벗어나던 날 어제까지
겨레의 피 팔아 배에 살찌우던 이들
가슴을 치고 한 줌의 흙이 되어서도 조국
광복 염원하던 이들 목 놓아 만세
부르며 한없는 기쁨에 도취했다

1950년 6월 25일 소련제 탱크 위풍당당한
바퀴 소리에 화들짝 놀란 순진한 백성들
허둥지둥하다 사랑하는 부모, 형제 모두
잃고 검은 손에 한 톨의 밥알을 찾아
헤맸다

1960년 4월 19일 왜, 우리는 자유롭지
못하는가? 그 자유당 정권하에서 악을
행하고도 돌이킬 줄 모르는 이에게
어린 여중생까지 목숨 걸고 불의에
항거하다가
하얀 교복 치마저고리 붉은 피 뿌렸다

아직 채 흘린 피 마르지 않고 거친 숨결
고르지도 못했는데 어디선가 듣던 그 탱크
군화 소리 지축을 흔들더니
나라와 민족 위한다는 명목으로 무참히
자유와 생명을 짓밟았다

그날 1961년 5월 16일. 세 명이 모여도
불법이요, 임금님 귀 당나귀 귀라 하여도
감방에 처넣어졌던 기나긴 유신독재
그 심장을 향해 총소리 울리던

1979년 10월 26일 아직 총구에서 화약
냄새 사라지기도 전 다시 한번 저 높은
하늘을 향해 총성이 온 나라에 울려
퍼졌다. 1979년 12월 12일 쿠데타,
그렇게 자유의 목소리
숨을 죽이는가 하더니

1980년 5월 18일 광주민주화운동 거대한
바위와도 같고 피도 눈물도 없는
그 불의한 세력, 그 잔인한 공수부대
그들을 꼭두각시로 갖고 노는 검은 얼굴
향해 일제 강점기 일본 학생들
조선 여학생들을 놀려대는 그 모습에
분하여 일어났던 그 의기(義氣)로
다시 한번 손을 맞잡고 단 한 번의 외침을
위해 푸르디푸른 생명을 아낌없이 던져
밝은 미래를 열려 했다
님들은 갔다. 그들은 잠이 들고 고요하나,
귀 있는 자들은 듣고 있다

예수가 빌라도 법정에서 정치적인 죄,
종교적인 죄로 십자가 처형을 선고받던
날 예수와 함께 떡을 먹던 군중들

환호하고 앞장서 그의 죽음 요구했던
종교 지도자들 축배를 들었다

그날에….
그대의 손엔 어떤 잔이 들려 있었나?
그날에….
그대는 함께 웃으며 희희낙락이었나?
무릎 사이 머리 처박고 숨죽여
목 놓아 울었나?

그날이 오면, 그날이 오면 우린 함께
얼싸안고 울리라
그날이 오면 우린 한없는 고난을
사랑으로 이겨 낸
그 기쁨으로 춤추며 노래하리라

고목(古木)

깊이 팬 커다란 나무
거칠고 거무튀튀한 옷 걸치고
길어진 허리
굽이 돌아 늘어져 있다

붉은 노을 머금은 여린 잎 하나
실바람에도 흔들려
속삭이는 아이들의 얘기 소리에
길 마중한다

천 일 같이 긴긴 하룻밤
비바람 옷처럼 갈아입고
친구같이 지낸 찬 서리 하얀 눈

해지는 가을 오후
외로이 저녁 하늘 지키누나

거목(巨木)

해미읍성 하늘 높이 솟아난
커다란 나무 한 그루
너른 가지에 깃든 풍모
한 폭의 동양화로구나

아! 어쩜 저렇게
온갖 만고풍상(萬古風霜) 다 겪고도
의연히 서 있을까?

그간의 세찬 비바람
북풍한설(北風寒雪) 어찌 다 견디고
아무런 일 없다는 듯 서 있나?

가느다란 팔 따스한 손 다정히 내밀어
길가 나그네 기꺼이 반기는 여유
어디서 왔을까?

그대 넓은 품
그립고도 반갑구나!

석양(夕陽)

활짝 웃는 태양
어린아이처럼 아침 맞아주더니
이슬방울 어디 두고
이마엔 땀방울 거친 손마디 마디

주름 늘어 가면 게을러진 햇살
얼굴 붉히다 멍들고
달콤한 여름밤 옛이야기로 날 지새더니
가을 잔치 이미 열렸네

나그네 쉴 곳 찾아 거닐 때
서산 해 동무하자며 손짓하고
누군가에 찬란한 꿈이었던 날들
나에겐 거친 숨결로 살아내야 했던 날들

이제, 지친 숨결 내려놓고
붉은 노을 바라보며 새 꿈 꿔 볼까나?
그대, 다시 초대하는 날

아! 돌베개

아! 돌베개

한 많은 낯선 땅에
베고 또 베어 버려진 조국 땅
그리던 한숨과 눈물

다시 찾은 고향 땅,
조국은 거머리처럼
남의 피, 형제의 피, 겨레의 피 빨아
자신의 배 채우는 이들 무대 요란하다

겨레의 피,
어찌 맑은 강 되어 흐르지 못하나?

* 장준하, 《돌베개》 읽고

광야 가는 인생길

쌀쌀한 바람 자꾸만 뒤따라와 떠나지
않아요. 믿음 따라 떠났던 길 지금 광야
한 모퉁이 서서 식어가는 별빛 바라보며
주린 영의 양식 찾느라 뒤척이는 나날들

훈풍 돌던 그 따스한 기운 간 곳도
알리지 않은 채 막연한 세월만 흘러가지요. 광야 가는
인생길 필연 보아야 할 쓴
나물이라면 달게 곱씹으며 갈 수 없을까요?

종려 가지 무성한 샘물 곁에 앉아
지난날 회상하며 잠잠히 부를 노래
지금 마음에 새겨 두고 있나요?

계곡 깊을수록 산은 높듯 험한 노정
수많은 생의 이야기 담는 그릇 크게
하겠지요. 그냥 걷는 걸음이라도 다시
돌아올 수 없기에 내 믿음의 나무에
한 바가지 물을 줍니다.

고개턱 넘는 마음

고개턱 넘느라 잠시 허우적댄다지만
세찬 겨울 고개 높은들 봄바람
설레는 맘 흥겨운 춤까지 막을쏘냐?

머리에 눈 내려 기다린 발목 시린 날
깊은 가슴 속에 묻어 둔 사랑의 씨앗,
어찌 움트지 않으랴!

저 멀리 손짓하는 봄 처녀 발걸음
어찌 달콤한 겨울잠에 취할 수만 있으랴!

한계령 넘는 눈꽃 바람
봄 동산 재촉하는 마음
어찌 주저앉아 있으리오!

님 향한 내 마음 어느새 꽃동산
벌 나비 춤추어 앞길 향하누나

큰 꿈은 있을까? 1

큰 꿈은 뭘까?
천하에 제일가는 양귀비처럼 예쁜 것일까?
화려한 옷을 입고
질질 끌고 다니면 행복할까?

우유로 목욕하고 수많은 시녀의 손길로
몸매 가꾸고 고급스러운 음식만
먹는다고 행복할까!

세상에서 제일 힘 센 것이 꿈이라면
그 꿈 이루어졌을 때 행복할까?
누구나 자기 앞에만 서면 작아지고
굽실거리고 비위를 맞춰 주면 행복할까?

자기 때문에 남이 굽실거리고 비굴해야
하는 걸 보는 게 과연 행복일까?
이게 그가 바라던 큰 꿈이었을까?

* 새벽 평창 총 동문 수련회에서

큰 꿈은 있을까? 2

천하의 모든 것 다 가지는 것이 꿈일까?
땅, 돈, 명예, 미인 다 가지면 행복할까?
울창한 브라질 밀림,
저 메마른 사하라 사막 시베리아 드넓은
얼어붙은 땅 다 가졌다고 행복할까?

저 한국은행 돈, 아니 값나가는 달러
쌓을 곳 없도록 가지면 행복할까?
아니 생각만 해도 행복한가?
그런가? 그 돈으로 뭐 하려고….
남을 위해, 가난하고 병든 사람 위해
쓴다고? 그게 될까?

평소에 그렇게 살아 본 적 없는 사람에게
가능할까? 갑자기 안 하던 짓 하면
일찍 죽는다는데….
평생 고생만 하는 것이 꿈일 수 있을까?
그런, 꿈꾸는 건 이상한 것일까?

아무 배경도 없는 나사렛 청년

지역으로 보나, 학벌로 보나,
보잘것없는 청년 허리를 굽힌다.

많은 사람 사랑하고 섬기는 게
바람이다. 결국엔 그들을 위해 목숨
십자가에 내어놓는 게 꿈인 사람이다
큰 꿈, 이런 꿈을 꾸어도 되는 것일까?

* 평창 총 동문 수련회에서

길

광야에 열린 길
가지 않으면 거친 들

낙원 보았던
그 눈으로 길을 가면

광야 돌아보아도
때마다 순간마다
영원을 잇대어 주는 사랑의 길

사랑, 길 열어 간다

생명에
반응하는 것이
사랑이다

바람에 이는
작은 물결에도
생명,
사랑을 잉태하리라

숨 쉬는 순간순간
사랑,
길 열어 간다

7장 봄, 오긴 왔나요?

(2014년 3월~5월)

봄, 오긴 왔나요?

소식이 없다
기다리고 기다려도 더디게만 온다
기나긴 겨울 눈 서리에
얼어 버렸나

봄, 오긴 왔나요?
오긴 오는 건가?
봄 곁에 와 있음을 어디서 느끼세요?

님의 따스한 손길 바라보는 눈길에도
마주치는 버들강아지 솜털에도
뒷동산 나뭇가지 틈 새싹에도
찬바람에 내밀린 사람들 가냘픈 허리
바라보는 마음에도
봄, 왔나요?

난, 아직도 찬바람 부는 언덕에 서서
이른 봄 기다리나 봅니다

그리움

어찌 얼굴을 감춰 두고
꽃을 보라 합니까?

어찌 꽃향기 피워 두고
바람 더러 멈추라 합니까?

겨우내 초라해진 바윗돌 그림자
봄날 아지랑이 되어
내게로 옵니다

꽃 향 따라온 마음 하늘 날고
끝없는 봄날
꽃 향 솟쳐 냅니다

나그넷길

인생은 홀로 가는 나그넷길
길 가다 꽃 보면 행운
행복한 미소 남겨 두라

바람 불면 더운 가슴
미련 없이 내어 주고

목마르면 폭포수 같은
시원한 물줄기 갈망하라

그날 오면 동여맨 신발 끈 끌러 두고
저벅저벅 저녁놀에
고단한 마음 걸어 놓고
또 다른 여행길에
행복의 문 열어 가리라

봄 오는 길목

봄 오는 길목
햇볕의 발가락 길어지고
마음은 빛나는 햇살에 춤추는 듯하나?
몸뚱이 하나
떨리는 잔가지에 맥없이 걸려 있다

어느 카페에 앉아
따스한 차 긴 호흡으로 들이킨다
가는 목젖 타고 지나는 소리 요란치만
갈증 자꾸 마르지 않는 샘을 판다

천상의 빛 다가와 어슬렁어슬렁
등불 같은 복수초 창문 열어

난, 아직 그 그늘 젖은 싹아지
그림자로라도 머물고 파라

잃은 양

어둠 다가오면 길 잃은 양 애절한 소리
깊은 밤 갈 길을 찾아 헤맨다
어두운 숲속 늑대들의 눈
야욕 덩어리들 불을 뿜는다

아흔아홉 마리의 양 평안히 쉬는 우리엔
기쁨과 행복 겨운 밤 날 새는 줄 모른다
우린 울타리 안에 들어와 안심이야
여긴 먹을 것도 많아. 아! 이젠 됐어
잃은 양 울부짖는 소리는
흥겨운 노랫소리에 묻히고 만다

목자는 길을 간다. 행복과 만족에
겨워하는 양들의 시선 뒤로 한 채
기쁨과 감사, 안심과 행복 노랫소리에도
귀 내어 주지 않는다
목자 잃어 울부짖는 소리
점점 커져만 간다. 양 찾아가는
목자의 눈엔 벌써 이슬 맺힌다

사지(四肢)

99% 행복하면 모두 행복한 것인가?
내가 배부르면 남들도 배부르겠지. 내가
건강하면 다 건강한 거야. 나 안 아픈데
어떻게 다른 사람이 아플 수 있겠어
내 사지(四肢)가 멀쩡한데
장애가 있다고 설마 힘든 곳 있겠어?

다리를 쓰지 못한다는 게 뭐지?
왜 눈을 떴는데 안 보일까?
왜 귀가 있는데 들리지 않을까?
왜 입이 있는데 말할 수 없지?
어찌 나사렛 예수, 귀 있는 자는 생명의
말, 사랑의 말을 들으라고 할까?

어두운 밤이 꿈틀거리면 울안 양들의
행복 단잠에 빠지고 길 잃은 어린 양,
울부짖는 소리 메아리친다
들리는가?
상한 양, 한 마리의 울부짖는 소리!

민들레 꽃

과연 의인의 빛
환히 빛나고 있는가?

우리의 빛 아름답게 비추어
어둠이 부끄러워 다 사라졌는가?

악인의 등불 꺼지고 있는가?
혹 그 등불에 기름 붓고 있지 않은가?

길가 민들레 꽃
기나긴 겨울 길, 지나온 나그네에게
밝은 미소로 길, 밝혀 준다
조물주의 영광 향기롭다

가장 낮은 곳에 피는 꽃
길 가는 내내 동무다
나그네 얼굴엔 노란 웃음꽃 피워
길 열어간다

벚꽃 흐드러지게 피는 날이면

고향의 어머니 정 같은 곱디고운 벚꽃
한없는 사랑과 정을 안고
그윽한 눈빛으로 나를 반겨 줍니다

그 사랑, 그 은혜 다 갚을 길 없는데
소리 없이 뒤안길로 사라지려 합니다
늘 곁에 두어 눈 맞춤하고 싶으나
깊이깊이 새긴 정 어찌하라고
하얀 꽃잎만 남겨 두고 떠나려 합니까?

난, 뜨거운 오월이 오면
붉은 장미꽃 향기 나는 마당
벚꽃처럼 순결한 사랑 남기고 간
어머니의 하얀 숨결 그리워할 것입니다

벚꽃 향 만발한 저녁 창가에
곱디고운 어머니 얼굴 어른거립니다
하늘에서 꽃처럼, 향기처럼
변하지 않은 사랑으로 피어나소서

바람 불면 하얀 날개 펴고
하늘 나는 꽃잎들
어쩜, 어릴 적 울 엄마
하얀 꽃잎처럼 고운 꿈 닮았을까?

꽃가지 멈추려 하나,
봄바람이라도 놔두지 않고 이 저녁도
뜨거운 보리밥에 이야기보따리 풀려 하나,
고향 땅 그립도록 길어진
서산 해 옷자락 만지나?

　　　　* 2014. 4. 7. 생기 없는 어머니와 통화 후

사랑하는 내 아들딸들아

아! 병풍도 앞바다
목놓아 부르는, 눈에 넣어도 아프지 않을
이제 사랑하는 아들딸이라 하기엔
너무 미련하고 가슴 아픈 내가 아닌가?

금쪽같은 아들딸들 푸른 꿈 안고
구름 없는 하늘 훨훨 나는데,
왜 내겐 그 흔한 투정 소리, 그 상큼
명랑한 웃음소리 들리지 않는가?

미련하고 악해 아니 하늘을 날아가기엔
우리의 욕심 주머니 너무 크지 않은가?
아직도 탐욕에 주린 배
더 채워야만 하는가?

천국에 들어가려면 네 가진 재산 다 팔아
가난한 사람에게 나눠 주어라
명한 주님의 말씀 전혀 귀에 들지 않아
광야의 메아리 된 지 오래다

얼마나 더 울어야, 첫눈 내리는 겨울
소중한 약속 함께 간직하며
행복의 웃음꽃 피울 수 있을까?
얼마나 더 가슴을 후벼 파야 너와 내가
굵은 손으로 함께 붙잡은 동아줄
사랑인 줄 확인할 수 있을까?

아! 4월엔 꽃이 핀다
멍한 너와 내 가슴엔 검은 꽃이 핀다
출렁대는 진도 깊은 바다,
못다 핀 꽃봉오리 짠물에 젖어
떠도는데 산과 들엔 유난히 밝은 들꽃
유혹 이기지 못한
벌 나비들의 춤사위 어찌 저리 고울까?

엄마! 아빠! 보고 싶어요!

"엄마, 아빠! 보고 싶어요!"
2014년 4월 16일 수요일 오전 10시 17분
세월호 침몰 직전 마지막으로 보낸
단원고 2학년 학생의 문자다. 물론
이 학생도 맹골수도에서 살아나오지 못했다

사랑하는 내 아들, 딸들은
절체절명(絶體絶命)의 순간에 구원의
손길을 기다리며 그토록 그리운
"엄마, 아빠"를 부르며 거친 바닷물과
처절하게 싸우며 최후를 맞이했다

아! "엄마, 아빠! 보고 싶어요."
이 외마디가 애간장을 끓는구나
으~음! 어이할꼬!
난 너에게 "보고 싶다. 사랑한다.
미안하다." 말도 못 했는데 너에게
해 줄 게 더 많이 있는데….
너에게 줄 것이 아직도 많은데….

아직 너의 그 외침이 절절한데….
알지도 못하고,
한 마디도 웅하지 못한 이 못난 애비의
마음을 용서해다오

내 가슴이 뛰는, 내 심장의
고동 소리가 멈추는 그 순간까지
"아! 미안하다. 미안하다. 너무나 아쉽고
안타깝다 미안하다 다시 한번 불러 본다
사랑하는 내 아들딸들아!"

* 2014. 4. 16. 진도 맹골수도에 침몰
세월호 탑승객 476명 구조
172명 사망 실종 304명